U0747236

■ 阅 读 滋 养 人 生

读名家，品经典，助力成长

专家审定委员会

翟民安　著名学者，汉语言文学家，北京大学、
　　　　北京师范大学汉语言文学教授

刘解军　著名作家，中学高级教师，全国中学文
　　　　学社团研究会会长

宋永健　北京市海淀区语文骨干教师，首都师范
　　　　大学第二附属中学教师

施　晗　著名作家，书法家，出版人

你若安好，
便是晴天

林徽因——著

美读
珍藏版

中国纺织出版社

内 容 提 要

　　《你若安好，便是晴天》是林徽因的一部书信、小说、戏剧集。书信卷选取了林徽因写给胡适、沈从文、梁思成等人的信件，小说卷收录了《模影零篇》《九十九度中》《窘》等多部小说，而戏剧卷则收录了林徽因唯一的一部作品——《梅真同他们》。通过这些文字细腻、情感真挚的书信、小说、戏剧展现了林徽因生活中真正的性格，还原了一代才女的真实样貌，真实地呈现了一个至情至性的林徽因。

图书在版编目（CIP）数据

你若安好，便是晴天 / 林徽因著. -- 北京：中国纺织出版社，2020.12
　　（林徽因文集）
　　ISBN 978-7-5180-3635-6

　　Ⅰ. ①你… Ⅱ. ①林… Ⅲ. ①中国文学—现代文学—作品综合集 Ⅳ. ①I216.2

　　中国版本图书馆CIP数据核字(2017)第127829号

责任编辑：汤　浩　责任校对：高　涵　责任印制：储志伟

中国纺织出版社出版发行
地址：北京市朝阳区百子湾东里A407号楼　邮政编码：100124
销售电话：010—67004422　传真：010—87155801
http://www.c-textilep.com
官方微博 http://weibo.com/2119887771
北京通天印刷有限责任公司印刷　各地新华书店经销
2020年12月第1版第1次印刷
开本：910×1280　1/16　印张：15
字数：182千字　定价：29.80元

名著阅读规划方案

　　阅读名著是同学们汲取知识、提升能力和素质的重要途径。如何安排阅读才能使同学们获益最多？在此，我们为同学们制订了一套科学合理的名著阅读方案，帮助同学们实现有价值的阅读，通过阅读提高自己的文学素养，丰富自己的精神世界。

阅读阶段	阅读群体	阅读要求	推荐书目	推荐理由
第一阶段	1～2年级学生	阅读浅显的童谣、儿歌、童话、寓言、故事等，培养阅读兴趣，能流畅阅读	《和大人一起读》《读读童谣和儿歌》《孤独的小螃蟹》《一只想飞的猫》《"歪脑袋"木头桩》《小狗的小房子》《小鲤鱼跳龙门》《神笔马良》《七色花》《愿望的实现》……	内容浅显，注重快乐阅读，符合低龄学生阅读的特点
第二阶段	3～4年级学生	养成读书习惯，能理解作品大意，与同学交流图书资料	《安徒生童话》《格林童话》《稻草人》《中国古代寓言》《伊索寓言》《中国神话传说》《看看我们的地球》《灰尘的旅行》《人类起源的演化过程》……	学生不需要有专业知识就能理解作品大意，并学到新知识
第三阶段	5～6年级学生	增加阅读的复杂性，探究性阅读，能够鉴赏文学作品	《中国民间故事》《欧洲民间故事》《西游记》《红楼梦》《三国演义》《水浒传》《小英雄雨来》《爱的教育》《鲁滨孙漂流记》《汤姆·索亚历险记》……	作品内容相对来说比较深刻，有益于学生提高思考能力
第四阶段	7～9年级学生	广泛阅读各种名著，能通过名著认识社会、人生，提升自我素质，学以致用，举一反三	《朝花夕拾》《白洋淀纪事》《湘行散记》《猎人笔记》《给青年的十二封信》《艾青诗选文集》《昆虫记》《钢铁是怎样炼成的》《泰戈尔诗选》《简·爱》《我是猫》……	作品所反映的内容与现实密切相关，可以满足学生对社会、人生的探索。作品所体现的美好品质对学生的成长有着激励作用

阅读指南

名师导读

开宗明义，激发读者阅读兴趣，引导读者继续阅读。

词语在线

阐释作品中的疑难字词，扫除读者的阅读障碍。

名师点评

点评重点语句，疏通读者理解障碍。

书信卷

────◆ 名师导读 ◆────

书信是一个人内心情感的体现。通过林徽因与亲友的通信，我们可以抛开外界给林徽因……

致胡适

致胡适

一九二七年二月六日

适之先生：

也许你很诧异这封唐突的来信，但是千万请你原谅。你到美的消息传到一个精神……

本来这会想不要紧的，不该劳动大驾，只因因此我们可以聚会晤谈，所以函问。

从青年的 idealistic phase 走到了成年的 realistic phase。做人便这样做罢。idealistic 的梦停止了，也就可以医好了许多 vanity。

📝 词语在线

晤谈：见面交谈。

📝 名师点评

idealistic phase 译为理想主义阶段；realistic phase 译为现……

你若安好，便是晴天

品读赏析

林徽因是民国时期著名的才女，她的书信中隐约透露出她身上的文学气息。但她并不是一个处身于象牙塔之中不谙世事、一心追求文学创作的天真少女，她热衷于自己的建筑事业、关心自己的亲朋好友、关注国家和社会的种种问题，是一个有着强烈责任感的人。

写作积累

唐突 不堪回首 窘迫 纠纷 蹀躞 周折 不寒而栗 人困马乏

· 我永是"我"，被诗人恭维了也不会增美增能，有过一段不幸的曲折的旧历史也没有什么可羞惭。

思考练习

1. 林徽因是怎样的人？
2. 林徽因为搜寻徐志摩的日记做出了哪些努力？
3. 书信中哪些地方透露出林徽因对建筑的热爱？

林徽因的建筑人生

延伸阅读

提到林徽因，很多人都会想到她与徐志摩、梁思成和金岳霖的感情纠葛，而忽略她本身的才华与成就，仿佛她是一个沉迷于风花雪月的小女子。但当我们细细品……

经典名著品读要点

经典名著是人类文化史上一道永恒的风景线。品读经典，与经典同行，和文学巨匠来一次心灵的碰撞，让自己的灵魂接受一次全新的洗礼，相信你会有一个绚丽的人生。对同学们而言，品读名著尤为重要。那么，怎样用经典名著使同学们获得滋养呢？

培养兴趣

对学习材料的兴趣是学习的最大动力。为培养同学们的阅读兴趣，我们在书中的每一章节前均设置了"名师导读"板块，简单介绍章节内容，巧妙提出相关问题，吸引同学们继续阅读。另外，本书配以精美插画，生动的画面能够激发同学们的阅读兴趣。

增长见识

名著是人类智慧的结晶，是知识的源泉。为使同学们开拓视野，增加知识储备，更好地理解名著的意蕴，我们在书中设置了"阅读速递""延伸阅读"等栏目。

启迪心智

任何一部名著都蕴含着深刻的哲理，给人以启迪，或教育人奋发图强，或教育人永不言败，或教育人韬光养晦，或教育人懂得感恩……书中通过"品读赏析"栏目概述作品内涵，向同学们传达成长智慧，启迪心智。

经典名著就是一个精彩绝伦的世界，在这个世界里畅想遨游、探幽寻秘，将受益一生。我们针对同学们的阅读特点来引导其自主阅读，使其敞开心扉，尽情领略经典作品的独特魅力，提升自我，充实自我。

读书亦是一门学问，讲求方法和原则。为使同学们能科学读书、有效读书，我们提供了以下几个行之有效的阅读方法。

1 泛读

泛读即广泛阅读，指读书的面要广，要广泛涉猎各方面知识。古人云："读书破万卷，下笔如有神。""读万卷书，行万里路。"多读书，尤其是多读名著，有益于开阔视野，充实自我。

2 速读

速读即快速阅读，指对作品迅速浏览一遍，以掌握其全貌。古语云："五更三点待漏，一目十行读书。"运用速读法读书，可以加快阅读速度，扩大阅读量。

3 跳读

跳读即略读，指读书时把不重要的内容放在一边，选择主要部分进行阅读。有时读书遇到疑难问题无法解惑时，也可以跳过去继续往下读，便可前后贯通。东晋大诗人陶渊明曾说："好读书，不求甚解；每有会意，便欣然忘食。"

4 精读

精读即细读，指深入细致地研读。精读要求读书时精心研究，细细咀嚼，抓住书中的精华。唐代文学大家韩愈有句名言："记事者必提其要，纂言者必钩其玄。"读书如能做到"提要钩玄"，则基本掌握了书的大意。

5 善思

读死书是没有用的，要知道怎样用眼睛去观察，用脑子去思考才行。读书贵在思索。只有把学与思结合起来，才能真正领会书中的要义。

6 活用

读书要懂得举一反三，学以致用。南宋学者陈善读书提倡"出入法"，即读书既要读进书中去，又要从书中跳出来。倘若读书不能跳出书本，不能学以致用，就会成为彻头彻尾的书呆子。

序言

歌德曾说："读一本好书，就是和一位高尚的人谈话。"世界文学名著是人类文化的精华，是文学巨匠、思想巨擘的智慧结晶，是我们生命中不可或缺的精神食粮。

名著犹如一面镜子，既能照出人的本质，又能照出世间的美丑。名著根源于现实生活，名著中的人就是对现实中的人的再塑造，名著中描摹的人性的善恶美丑就是对现实中人性的真实反映，名著中建构的世界就是真实世界的缩影。因此我们阅读名著，要在名著中阅读自己、阅读世界。走进名著，尽情阅读吧！它会使你发现自己，辨识自己身上的优点、缺点，摆脱平庸与狭隘，使自己的人格得到升华；它会使你练就一双智慧之眼，分清是非，辨别美丑，学会用正确的眼光看待大千世界；它会培养你的审美观，充实你的思想，使你成为一个通情达理、个性健康、感情充沛、情趣高尚的人。

中小学生正处于身心发展阶段，尤其需要名著的滋养。为此，我们根据中小学生的学习和认知特点，从叱咤中外文坛难以计数的文学作品中采撷精华，编选了这套丛书。此套丛书包括小说、诗歌、散文等多种体裁的作品，这些作品或是指引时代的航标，或是传承千年的箴言，或是激荡人心的妙笔，春风细雨般滋润着每一个小读者的心田。另外，我们精心设置了名师导读、名师点评、词语在线等栏目，以此为同学们搭建一架通往文学世界的桥梁，使之感受经典名著不朽的艺术魅力。

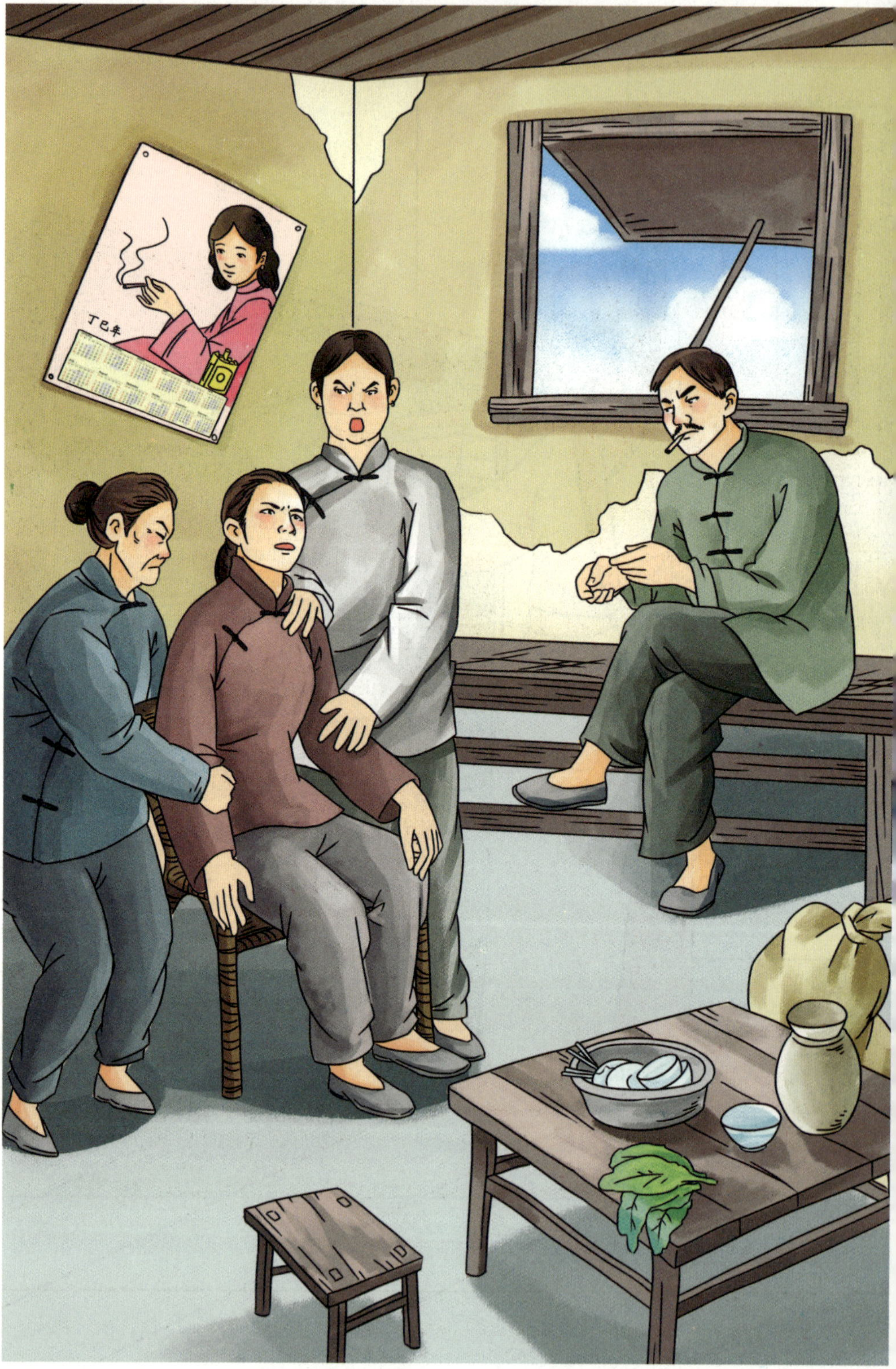
丁巳年

阅读速递

作品概述

本书共分为书信卷、小说卷和戏剧卷三部分。

书信卷选取了林徽因写给胡适、沈从文、梁思成等人的信件，展现了林徽因在生活中真正的性格，还原了一代才女的真实样貌。

小说卷收录了《窘》《九十九度中》《模影零篇》（包括《钟绿》《吉公》《文珍》《绣绣》四篇）几部小说，其中《九十九度中》是林徽因小说中最重要的作品。

《九十九度中》选取了夏季北京炎热的一天，以挑夫流动的脚步，将貌似互不相关的社会各阶层截然不同的生活场景串联在一起。"九十九度"是华氏温度，相当于 37.3℃。这样数字化的命题制造了悬念，给读者留下了极大的想象空间。小说截取了生活中具有代表性的片段，情节很多，但没有一个完整的故事；人物很多，但没有一个主人公，这使得它与传统意义上的小说很不相像。这些碎片式的生活片段展示了 19 世纪 30 年代中国都市生活的状态，揭露了当时社会的麻木与冷漠。

戏剧卷仅收录了《梅真同他们》这一部剧本，这部作品的内容是：

某天，李宅丫头梅真与李家四小姐李文琪商议着请客的事情。这时唐元澜来询问李家二少爷李文靖的情况。唐元澜是李家大小姐李文娟的"男友"，但他真正爱慕的人是梅真。

李家二太太李琼想要邀请梅真出席晚宴，却遭到李家大太太的反对。李文琪和黄仲维相互表明爱意，并决定在晚宴上宣布订婚的消息。而唐元澜向梅真表明爱慕之心后，遭到了梅真委婉的拒绝，梅真告诉他，她暗恋着李文靖，并为当下他们别扭的关系伤心、苦恼。唐元澜上前安慰梅真，不想被李文娟误会。

李文靖从外地回到家后得知妹妹李文琪与黄仲维的婚事非常高兴，并将自己喜欢梅真的事情告诉给了李文琪。此时李文娟的好友张爱娟已从李文娟处听说梅真与唐元澜有情，便添油加醋地告诉了他们，李文靖听后愤然离去。李文琪将张爱娟的传言告诉给了梅真，梅真痛苦万分，冲动决定嫁给一直爱慕着自己的电料行掌柜宋雄。

作者简介

林徽因（1904—1955），福建省闽侯人，中国著名建筑师、诗人、作家。她本名徽音，出自《诗·大雅·思齐》："大姒嗣徽音，则百斯男。"后因经常被人误当作当时的一名男作家"林微音"，而改名"徽因"。其主要作品有《你是那人间的四月天》《九十九度中》等。

林徽因出身于书香世家，自幼饱受熏陶。1916年，林徽因入北京培华女子中学学习。1920年4月随父亲林长民一起赴欧洲游历，同年9月以优异的成绩考入伦敦圣玛利女校。1921年林徽因回国后再次进入培华女中学习。1923年，徐志摩、胡适等人成立了新月社，林徽因常去参加活动。1924年，林徽因和梁思成一起赴美攻读建筑学，后进入宾夕法尼亚大学美术学院学习，因建筑系不收女生，她便注册在美术系，选修了建筑系课程。1927年林徽因从宾夕法尼亚大学美术学院毕业，之后转入耶鲁大学戏剧学院。1928年3月，她与梁思成结婚，之后前往欧洲考察建筑，同年8月回国。1929年，林徽因出任东北大学建筑系副教授，主讲雕塑史和专业英语。1931年4月，她以"徽音"为笔名在《诗刊》第二期上发表了她的第一首诗——《"谁爱这不息的变幻"》。同年，她在北京中国营造学社任参校。以后几年中，她又在《诗刊》《新月》《北斗》《文学杂志》等刊物上先后发表了几十篇作品，包括中、短篇小说，散文，诗歌，剧本，《九十九度中》《吉公》《梅真同他们》均创作于这一时期。1937年卢沟桥事变后，林徽因全家迁往昆明，后又迁到宜宾。抗战结束后，1946年，林徽因重新回到北平。中华人民共和国成立后，她被聘为清华大学建筑系教授，并参与设计了中华人民共和国国徽和天安门人民英雄纪念碑。1955年4月，林徽因因病去世。

　　林徽因的一生都奉献给了她钟爱的建筑事业与文学创作，她在建筑、文学领域做出的贡献至今为人们所称道。

林徽因具有建筑家、诗人等多重迥异的身份，因此她的作品呈现出审美风格多元化的特点。她既有精明睿智的理性思想，又有女性天然就有的感性温婉，隐约还有知识分子式的忧思情怀，婉约与雄健、单纯与繁复等多种对立的因素杂陈在她的作品中。

传统与现代交融。林徽因出身于书香门第，有着非常浓郁的传统文化背景，但她又接受了完整的西方文化的教育，因此她不仅有着深厚的传统文化素养，也有着西方追求自由与个性的意识。这也正是她的独特之处。因此我们可以看到浪漫主义、现代主义、古典主义交织在她的作品之中。

理智、典雅、婉丽是林徽因作品语言的最大特点。在充满书香气的官僚家庭长大，使林徽因的用语婉丽、典雅、感性而多情。但她又具有哲学性思维习惯，常常有意识地用理智、冷静的语言来控制自己火热的情感，因而形成了这种矛盾又和谐的行文特征。

人物写真

▶ 吉公

小说《吉公——模影零篇之二》的主人公。他沉默寡言、知恩图报，拥有一颗赤子之心。他不爱读经史子集，热衷于科学，是外界眼中不求上进的人。

▶ 绣绣

小说《绣绣——模影零篇之四》的主人公。绣绣是个十一岁的小女孩。她听话懂事，独立承担起家中的各种活计，照顾她"无用"的母亲，却因父母僵硬的关系饱受摧残。

▶ 梅真

戏剧《梅真同他们》的主人公。梅真是李家的丫头，却被李家太太李琼当成女儿看待，和小姐们一起上了几年学。但大小姐李文娟嫉妒她，总是找她的麻烦，让她为自己丫头的身份感到自卑。她与李家二少爷李文靖相互爱慕，却被地位、误会等各种因素阻碍，无法在一起。梅真是新旧交替时代一类女性的缩影。

目录

MuLu

你若安好，便是晴天

书信卷…………………………………… 1

小说卷…………………………………… 42

戏剧卷…………………………………… 135

书信卷

　　书信是一个人内心情感的体现。通过林徽因与亲友的通信，我们可以抛开外界给林徽因贴上的种种标签，感受到她最真实、最生动的样子。想知道真实的林徽因是怎样的吗？我们一起来看看吧。

致胡适

致胡适

一九二七年二月六日

适之先生：

　　也许你很诧异这封唐突的来信，但是千万请你原谅。你到美的消息传到一个精神充军的耳朵里，这不过是个很自然的影响。

　　我这两年多的渴想北京和最近惨酷的遭遇给我许多烦恼和

苦痛。我想你一定能够原谅我对于你到美的踊跃。我愿意见着你，我愿意听到我所狂念的北京的声音和消息，你不以为太过吧？

纽约离此很近，我们有希望欢迎你到费城来么？哥伦比亚演讲一定很忙，不知周末可以走动不？

这二月底第三或第四周末有空否，因为那时彭校新创的教育会有个演讲托找中国 speaker。胡先生若可以来费，可否答应当那晚的 speaker？本来这会想不要紧的，不该劳动大驾，只因因此我们可以聚会晤谈，所以函问。

词语在线

晤谈：见面交谈。

若是月底太忙不能来费，请即示知，以便早早通知该会 Dr.G. H. Minnich 会长。过些时候我也许可以到纽约来拜访。

很不该这样唐突打扰，但是——原谅。

徽音上

二月六日　费城

致胡适

一九二七年三月十五日

适之先生：

我真不知道怎样谢谢你这次的 visit 才好！星五那天我看你从早到晚不是说话便是演讲真是辛苦极了。第二天一清早我想着你又在赶路到华京去，着实替你感着疲劳。希望你在华京从容一点，稍稍休息过来。

那天听讲的人都高兴得了不得。那晚，饭后我自己只觉得有万千的感触。倒没有向你道谢。要是道谢的话，"谢谢"两字真是太轻了。不能达到我的感激。一个小小的教育会把你辛苦了足三天，真是！

你的来费给我好几层的安慰，老实说当我写信去请你来时实在有些怕自己唐突，就是那天见了你之后也还有点不自在。但是你那老朋友的诚意温语立刻把我 put at ease 了。

你那天所谈的一切——宗教，人事，教育到政治——我全都忘不了的，尤其是"人事"；一切的事情我从前不明白，现在已经清楚了许多。就还有要说要问的，也就让他们去，不说不问了。"让过去的算过去的"，这是志摩的一句现成话。

大概在你回国以前我不能到纽约来了，如果我再留美国一年的话，大约还有一年半我们才能再见了。适之先生，我祝你一切如意快乐和健康。回去时看见朋友们替我候候，请你告诉志摩，我这三年来寂寞受够了，失望也遇多了，现在倒能在寂寞和失望中得着自慰和满足。告诉他我绝对的不怪他，只有盼他原谅我从前的种种的不了解。但是路远隔膜，误会是所不免的，他也该原谅我。我昨天把他的旧信一一翻阅了，旧的志摩我现在真真透彻的明白了，但是过去的算过去，现在不必重提了，我只永远记念着。

如你所说的，经验是可宝贵的。但是有价值的经验全是苦痛换来的，我在这三年中真是得了不少的阅历，但就也够苦了。经过了好些的变动，以环境和心理我是如你所说的老成了好些，换句话说便是会悟了。从青年的 idealistic phase 走到了成年的 realistic phase。做人便这样做罢。idealistic 的梦停止了，也就可以医好了许多 vanity。这未始不是个好处。

照事实上看来我没有什么不满足的。现在一时国内要不能开始我的工作，我便留在国外继续用一年功再说。有便请你再告诉志摩，他怕美国把我宠坏了，事实上倒不尽然，我在北京那一年的 spoilt 生活，用了三年的工夫才一点一点改过来。要说"spoilt"，世界上没有比中国更容易 spoilt 人了，他自己也就该留心点。

通伯和夫人为我道念，叔华女士若是有暇可否送我几张房子的相片，自房子修改以后我还没有看见过，我和那房子的感情实是深长。旅居的梦魂常常绕着琼塔雪池。她母亲的院子里就有我无数的记忆，现在虽然已不堪回首，但是房主人们都是旧交，我极愿意有几张影片留作纪念。

感情和理性可以说是反对的。现在夜深，我不由得不又让情感激动，便就无理的写了这么长一封信，费你时间扰你精神。适之先生，我又得 apologize 了。回国以后如有机会极闲暇的时候给我个把字吧，我眼看着还要充军一年半，不由得不害怕呀。

胡太太为我问好，希望将来到北京时可以见着。就此祝你
旅安

徽音寄自费城

三月十五日

致胡适

一九三一年十一月三日

适之先生：

新月总店经济状况甚为窘迫，今晚要开董事会，由此也许会有新的变动。

词语在线

窘迫：①非常穷困。②十分为难。

代定《独立评论》的款项，已去信北平分店先筹付百元。

《新月》第三卷合订本二份和《四十自述》第六章原稿都已先后挂号寄上。

敬祝安好！

徽音　敬上

十一月三日

致胡适

一九三一年十一月

适之先生：

志摩去时嘱购此绣货赠 Bell 夫妇，托先生带往燕京大学，现奉上。渠眷念 K.M. 之情直转到她姊姊身上，直可以表示多情厚道的东方色彩，一笑。

大驾刚北返，尚未得晤面，怅怅。迟日愚夫妇当同来领教。

徽音

致胡适

一九三二年一月一日

适之先生：

志摩刚刚离开我们，遗集事尚觉毫无头绪，为他的文件就有了些纠纷，真是不幸到万分，令人想着难过之极。

我觉得甚对不起您为我受了许多麻烦，又累了许多朋友也受了些许牵扰，更是不应该。

事情已经如此，现在只得听之，不过我求您相信我不是个多疑的人，这一桩事的蹊跷曲折，全在叔华一开头便不痛快——便说瞎话——所致。

我这方面的事情很简单：

（一）大半年前志摩和我谈到我们英国一段事，说到他的《康桥日记》仍存在，回硖石时可找出给我看。如果我肯要，他要给我，因为他知道我留有他当时的旧信，他觉得可收藏在一起。

注：整三年前，他北来时，他向我诉说他订婚结婚经过，讲到小曼看到他的"雪池时代日记"不高兴极了，把它烧了的话，当时也说过：不过我尚存下我的《康桥日记》。

（二）志摩死后，我对您说了这段话——还当着好几个人说的——在欧美同学会，奚若思成从渭南回来那天。

（三）十一月廿八日星期六晨，由您处拿到一堆日记簿（有满的一本，有几行的数本，皆中文，有小曼的两本，一大一小，后交叔华由您负责取回的），有两本英文日记，即所谓

Cambridge 日记者一本，乃从 July 31 1921 起。次本从 Dec.2nd （同年）起始，至回国止者，又有一小本英文为志摩一九二五在意大利写的。此外几包晨副原稿，两包晨副零张杂纸，空本子小相片，两把扇面，零零星星纸片，住址本。

注：那天在您处仅留一小时，理诗刊稿子，无暇细看箱内零本，所以一起将箱带回细看，此箱内物是您放入的，我丝毫未动，我更知道此箱装的不是志摩平日原来的那些东西，而是在您将所有信件分人分类捡出后，单单将以上那些本子纸包子聚成这一箱的。

（四）由您处取出日记箱后约三四日或四五日听到奚若说：公超在叔华处看到志摩的《康桥日记》，叔华预备约公超共同为志摩作传的。

注：据公超后来告我，叔华是在十一月廿六日开会（讨论，悼志摩）的那一晚上约他去看日记的。

（五）追悼志摩的第二天（十二月七号）叔华来到我家向我要点志摩给我的信，由她编辑，成一种《志摩信札》之类的东西，我告诉她旧信全在天津，百分之九十为英文，怕一时拿不出来，拿出来也不能印，我告诉她我拿到有好几本日记，并请她看一遍大概是些什么，并告诉她，当时您有要交给大雨的意思，我有点儿不赞成。您竟然将全堆"日记类的东西"都交我，我又 embarrassed 却又不敢负您的那种 trust——您要我看一遍编个目录——所以我看东西绝对的 impersonal 带上历史考据眼光。Interesting only in 事实的辗进变化，忘却谁是谁。

名师点评

康桥，现通译剑桥。

名师点评

embarrassed译为不好意思；trust译为信任；impersonal译为客观的；Interesting only in译为只对……感兴趣。

最后我向她要公超所看到的志摩日记——我自然作为她不会说"没有"的可能说法，公超既已看到。我说：听说你有志摩的《康桥日记》在你处，可否让我看看等等。她停了一停说可以。

我问她："你处有几本？两本么？"

她说"两——本"，声音拖慢，说后极不高兴。

我问："两本是一对么？"未待答，"是否与这两本（指我处《康桥日记》两本）相同的封皮？"

📝 **词语在线**

含糊：①不明确；不清晰。②不认真；马虎。③犹豫；胆怯（多用于否定式）。

她含糊应了些话，似乎说"是！不是，说不清"等，"似乎一本是——"，现在我是绝对记不清这个答案（这句话待考）。因为当时问此话时，她的神色极不高兴，我大窘。

（六）我说要去她家取，她说她下午不在，我想同她回去，却未敢开口。

后约定星三（十二月九号）遣人到她处去取。

（七）星三九号晨十一时半，我自己去取，叔华不在家，留一信备给我的，信差带复我的。

此函您已看过，她说（原文）："昨归遍找志摩日记不得，后捡自己当年日记，乃知志摩交我乃三本：两小，一大，小者即在君处箱内，阅完放入的。大的一本（满写的）未阅完，想来在字画箱内（因友人物多，加意保全），因三四年中四方奔走，家中书物皆堆叠成山，甚少机缘重为整理，日间得闲当细捡一下，必可找出来阅。此两日内，人事烦扰，大约须此星期底才有空翻寻也。"

注：这一篇信内有几处瞎说不必再论，即是"阅完放入"，"未阅完"两句亦有语病，既说志摩交她三本日记，何来"阅完放入"君处箱内。可见非志摩交出，乃从箱内取出阅，而"阅完放入"，而有一本（？）未读完而未放入。

此箱偏偏又是当日志摩曾寄存她处的一个箱子，曾被她私开过的。（此句话志摩曾亲语我。他自叔华老太太处取回箱时，亦大喊"我锁的，如何开了，这是我最要紧的文件箱，如何无锁，怪事——"又"太奇怪，许多东西不见了，missing"，旁有思成，Lilian Tailor 及我三人。）

（八）我留字，请她务必找出借我一读。说那是个不幸事的留痕，我欲一读，想她可以原谅我。

（九）我觉得事情有些周折，气得通宵没有睡着，可是，我猜她推到"星期底"必是要抄留一份底子，故或需要时间（她许怕我以后不还她那日记）。我未想到她不给我。更想不到以后收到半册，而这半册日记正巧断在刚要遇到我的前一两日。

（十）十二月十四日（星一）

half a book with 128 pages received（dated from Nov.17, 1920 ended with sentence "it was badly planned".）叔华送到我家来，我不在家，她留了一个 note 说"怕我急，赶早送来"的话。

（十一）事后知道里边有故事，却也未胡猜，后奚若来说叔华跑到性仁家说她处有志摩日记（未说清几本）徽音要，她不想给（不愿意给）的话，又说小曼日记两本她拿去也不想还等等，大家都替我生气，觉得叔华这样，实在有些古怪。

（十二）我到底全盘说给公超听了（也说给您听了）。公超看了日记说，这本正是他那天（离十一月廿八日最近的那星期）看到了的，不过当时未注意底下是如何，是否只是半册未注意到，她告诉他是两本，而他看到的只是一本，但他告诉您（适之）"refuse to be quoted"，底下事不必再讲了。

名师点评

译为拒绝被引用。

二十一年元旦

致胡适

一九三二年一月一日

适之先生：

下午写了一信，今附上寄呈，想历史家必不以我这种信为怪，我为人直爽性急，最恨人家小气曲折说瞎话。此次因为叔华瞎说，简直气糊涂了。

我要不是因为知道公超看到志摩日记，就不知道叔华处会有的。谁料过了多日，向她要借看时，她倒说"遍找不得"，"在书画箱内多年未检"的话。真叫人不寒而栗！我从前不认得她，对她无感情，无理由的，没有看得起她过。后来因她嫁通伯，又有《送车》等作品，觉得也许我狗眼看低了人，始大大谦让真诚的招呼她，万料不到她是这样一个人！真令人寒心。

词语在线

不寒而栗：不寒冷而发抖，形容非常恐惧。

志摩常说："叔华这人小气极了。"我总说："是么？小心点吧，别得罪了她。"

女人小气虽常有事，像她这种有相当学问知名的人也该学点大方才好。

现在无论日记是谁裁去的，当中一段缺了是事实，她没有坦白的说明以前，对那几句瞎话没有相当解释以前，她永有嫌疑的。（志摩自己不会撕的，小曼尚在可问。）

关于我想着那段日记，想也是女人小气处或好奇处多事处，不过这心理太 human 了，我也不觉得惭愧。

实说，我也不会以诗人的美谀为荣，也不会以被人恋爱为辱。我永是"我"，被诗人恭维了也不会增美增能，有过一段不幸的曲折的旧历史也没有什么可羞惭。（我只是要读读那日记，给我是种满足，好奇心满足，回味这古怪的世事，纪念老朋友而已。）

我觉得这桩事人事方面看来真不幸，精神方面看来这桩事或为造成志摩为诗人的原因，而也给我不少人格上知识上磨练修养的帮助，志摩 in a way 不悔他有这一段苦痛历史，我觉得我的一生至少没有太堕入凡俗的满足，也不算一桩坏事。志摩警醒了我，他变成一种 stimulant 在我生命中，或恨，或怒，或happy 或 sorry，或难过，或苦痛，我也不悔的，我也不 proud 我自己的倔强，我也不惭愧。

我的教育是旧的，我变不出什么新的人来，我只要"对得起"人——爹娘、丈夫（一个爱我的人，待我极好的人）、儿子、家族等等，后来更要对得起另一个爱我的人，我自己有时的心，我的性情便弄得十分为难。前几年不管对得起他不，倒容易——现在结果，也许我谁都没有对得起，您看多冤！

我自己也到了相当年纪，也没有什么成就，眼看得机会愈少——我是个兴奋 type accomplish things by sudden inspiration and master stroke，不是能用功慢慢修炼的人。现在身体也不好，家常的负担也繁重，真是怕从此平庸处世，做妻生仔的过一世！我禁不住伤心起来。想到志摩今夏的 inspiring friendship and love 对于我，我难过极了。

这几天思念他得很，但是他如果活着，恐怕我待他仍不能改的。事实上太不可能。也许那就是我不够爱他的缘故，也就是我爱我现在的家在一切之上的确证。志摩也承认过这话。

徽音 二十年正月一日

致胡适

一九三二年春

适之先生：

多天未通音讯，本想过来找您谈谈，把一些零碎待接头的事情一了。始终办不到。日前，人觉得甚病，不大动得了，后来赶了几日夜，两三处工程图案，愈弄得人困马乏。

上星期起到现在一连走了几天协和检查身体，消息大不可人，医生和思成又都皱开眉头！看来我的病倒进展了些，医生还在商量根本收拾我的办法。

身体情形如此，心绪更不见佳，事情应着手的也复不少，甚想在最近期间能够一晤谈，将志摩几本日记事总括筹个办法。

此次，您从硖带来一部分日记尚未得见，能否早日让我一读，与其他部分作个整个的 survey？

据我意见看来，此几本日记英文原文并不算好，年青得厉害，将来与他"整传"大有补助处固甚多，单印出来在英文文学上价值并不太多（至少在我看到那两本中文字比他后来的作品书札差得很远），并且关系人个个都活着，也极不便，一时只是收储保存问题。

志摩作品中诗已差不多全印出，散文和信札大概是目前最要紧问题，不知近来有人办理此事否？"传"不"传"的，我相信志摩的可爱的人格永远会在人们记忆里发亮的，暂时也没有赶紧必要。至多慢慢搜集材料为将来的方便而已。

日前，Mr.E. S. Bernett 来访，说 Mrs. Richard 有信说康桥志摩的旧友们甚想要他的那两篇关于康桥的文章，译成英文寄给他们，以备寄给两个杂志刊登。The Richards 希望就近托我翻译。我翻阅那两篇东西不禁出了许多惭愧的汗。你知道那两篇东西是他散文中极好的两篇。我又有什么好英文来翻译它们。一方面我又因为也是爱康河的一个人，对康桥英国晚春景子有特殊感情的一个人，又似乎很想"努力""尝试"（都是先生的好话），并且康桥那方面几个老朋友我也认识几个，他那文章里所引的事，我也好像全彻底明白……

但是，如果先生知道有人能够十分的 do his work justice in rendering into really charming English，最好仍请一个人快快的将那东西译出寄给 Richards 为妥。

身体一差伤感色彩便又深重。这几天心里万分的难过。怎办？

名师点评

译为善待他的作品，使其成为真正富有魅力的英文作品。

从文走了没有，还有没有机会再见到。

湘玫又北来，还未见着。南京似乎日日有危险的可能，真糟。思忠在八十八师已开在南京下关前线，国"难"更"难"得迫切，这日子又怎么过！

先生这两天想也忙，过两天可否见到，请给个电话。

胡太太伤风想已好清。我如果不是因为闹协和这一场，本来还要来进"研究院"的。现在只待静候协和意旨，不进医院也得上山了。

　　此问

著安

徽音拜上

思成寄语问候，他更忙得不亦乐乎。

致胡适

一九三二年六月十四日

适之先生：

上次我上山以前，你到我们家里来，不凑巧我正出去，错过了，没有晤着，真可惜。你大忙中跑来我们家，使我疑心到你是有什么特别事情的，可是猜了半天都猜不出，如果真的有事，那就请你给我个信罢。

那一天我答应了胡太太代找房子，似乎对于香山房子还有一点把握，这两天打听的结果，多半是失望，请转达。但是这不是说香山绝对没有可住的地方，租的是说没有了，可借的却

词语在线

把握：①握；拿。②抓住(抽象的东西)。③成功的可靠性(多用在"有"或"没"后面)。

14

似乎还有很多。双清别墅听说已让守和夫妇暂借了，虽然是短期。

我的姑丈卓君庸的"自青榭"倒也不错，并且他是极欢迎人家借住的，如果愿意，很可以去接洽一下。去年刘子楷太太借住几星期，客人主人都高兴一场的。自青榭在玉泉山对门，虽是平地，却也别饶风趣，有池；有柳；有荷花鲜藕；有小山坡；有田陌；即是游卧佛寺，碧云寺，香山，骑驴洋车皆极方便。

谢谢送来独立周刊。听到这刊出世已久，却尚未得一见，前日那一期还是初次见面。读杨今甫那篇东西颇多感触，志摩已别半载，对他的文集文稿一类的整理尚未有任何头绪，对他文字严格批评的文章也没有人认真做过一篇。国难期中大家没有心绪，沪战烈时更谈不到文章自是大原因，现在过时这么久，集中问题不容易了，奈何！

我今年入山已月余，触景伤怀，对于死友的悲念，几乎成个固定的咽梗牢结在喉间，生活则仍然照旧辗进，这不自然的缄默像个无形的十字架，我奇怪我不曾一次颠仆在那重量底下。

有时也还想说几句话，但是那些说话似乎为了它们命定的原因，绝不会诞生在语言上，虽然它们的幻灭是为了忠诚，不是为了虚伪，但是一样的我感到伤心，不可忍的苦闷。整日在悲思悲感中挣扎，是太没意思的颓废。先生你有什么通达的哲理赐给我没有？

新月的新组织听说已经正式完成，月刊在那里印，下期预备那一天付印，可否示知一二。"独立"容否小文字？有篇书评只怕太长些。（关于萧翁与爱莲戴莱通讯和戈登克雷写的他

📝 **名师点评**

译为文件。

母亲的小传作对照的评论，我认为那两本东西是剧界极重要的 document，不能作浪漫通讯看待。）

📝 **名师点评**

虽然只是体弱无力的女子，但林徽因的爱国之心一点儿也不少于其他人。

思成又跑路去，这次又是一个宋初木建——在宝坻县——比蓟州独乐寺或能更早。这种工作在国内甚少人注意关心，我们单等他的测绘详图和报告印出来时吓日本鬼子一下痛快：省得他们目中无人以为中国好欺侮。

天气好得很，有空千万上山玩一次，包管你欢喜不觉得白跑。

徽音

香山　六月十四日

致沈从文

致沈从文

一九三三年十一月中旬

沈二哥：

初二回来便忙乱成一堆，莫明其所以然。文章写不好，发脾气时还要讴出韵文！十一月的日子我最消化不了，听昕风知道枫叶又凋零得不堪，只想哭。昨天哭出的几行勉强叫它做诗，日后呈正。

📝 **词语在线**

韵文：有节奏韵律的文学体裁，也指用这种体裁写成的文章，包括诗、词、歌、赋等（区别于"散文"）。

萧先生文章甚有味儿。我喜欢，能见到当感到畅快。你说的是否礼拜五？如果是，下午五时在家里候教，如嫌晚，星六早上也一样可以的。

关于云冈现状是我正在写的一短篇，那一天再赶个落花流水时当送上。

思成尚在平汉线边沿吃尘沙，星六晚上可以到家。

此问

俪安

二嫂统此

徽音拜上

致沈从文

一九三四年二月二十七日

二哥：

世间事有你想不到的那么古怪，你的信来的时候正遇到我双手托着头在自恨自伤的一片苦楚的情绪中熬着。在廿四个钟头中，我前前后后，理智的，客观的，把许多纠纷痛苦和挣扎或希望或颓废的细目通通看过好几遍，一方面展开事实观察，一方面分析自己的性格情绪历史，别人的性格情绪历史，两人或两人以上互相的生活，情绪和历史，我只感到一种悲哀，失望，对自己对生活全都失望无兴趣。我觉到像我这样的人应该死去；减少自己及别人的痛苦！这或是暂时的一种情绪，一会儿希望会好。

在这样的消极悲伤的情景下，接到你的信，理智上，我虽然同情你所告诉我你的苦痛（情绪的紧张），在情感上我却很羡慕你那么积极那么热烈，那么丰富的情绪，至少此刻同我的比，我的显然萧条颓废消极无用。你的是在情感的尖锐上奔进！

名师点评

林徽因不断剖析、总结自我，因此不断提升自己，但也正因为她想得太多，所以有些悲观。

可是此刻我们有个共同的烦恼，那便是可惜时间和精力，因为情绪的盘旋而耗废去。

你希望抓住理性的自己，或许找个聪明的人帮忙你整理一下你的苦恼或是"横溢的情感"，设法把它安排妥帖一点，你竟找到我来，我懂得的，我也常常被同种的纠纷弄得左不是右不是，生活掀在波澜里，盲目的同危险周旋，累得我既为旁人焦灼，又为自己操心，又同情于自己又很不愿意宽恕放任自己。

不过我同你有大不同处：凡是在横溢奔放的情感中时，我便觉到抓住一种生活的意义，即使这横溢奔放的情感所发生的行为上纠纷是快乐与苦辣对渗的性质，我也不难过不在乎。我认定了生活本身原质是矛盾的，我只要生活；体验到极端的愉快，灵质的，透明的，美丽的近于神话理想的快活，以下我情愿也随着赔偿这天赐的幸福，坑在悲痛，纠纷失望，无望，寂寞中捱过若干时候，好像等自己的血来在创伤上结痂一样！一切我都在无声中忍受，默默的等天来布置我，没有一句话说！（我且说说来给你做个参考。）

我所谓极端的，浪漫的或实际的都无关系，反正我的主义是要生活，没有情感的生活简直是死！生活必须体验丰富的情感，把自己变成丰富，宽大能优容，能了解，能同情种种"人性"，能懂得自己，不苛责自己，也不苛责旁人，不难自己以所不能，也不难别人所不能，更不怨运命或是上帝，看清了世界本是各种人性混合做成的纠纷，人性又就是那么一回事，脱不掉生理，心理，环境习惯先天特质的凑合！把道德放大了讲，别裁判或裁削自己。任性到损害旁人时如果你不忍，你就根本办不到任性的事。（如果你办得到，那你那种残忍，便是你自己性格里的一点特性，也用不着过分的去纠正。）想做的事太多，并且互相冲突时，拣最想做——想做到顾不得旁的牺牲——的事做，未做时心中发生纠纷是免不了的，做后最用不着后悔，因为你既会去做，那桩事便一定是不可免的，别尽着罪过自己。

我方才所说到极端的愉快，灵质的，透明的，美丽的快乐，不知道你有否同一样感觉。我的确有过，我不忘却我的幸福。我认为最愉快的事都是一闪亮的，在一段较短的时间内迸出神奇的——如同两个人透彻的了解：一句话打到你心里，使得你理智和感情全觉到一万万分满足；如同相爱：在一个时候里，你同你自身以外另一个人互相以彼此存在为极端的幸福；<u>如同恋爱，在那时那刻眼所见，耳所听，心所触无所不是美丽，情感如诗歌自然的流动，如花香那样不知其所以</u>。这些种种便都是一生中不可多得的瑰宝。世界上没有多少人有那机会，且没有多少人有那种天赋的敏感和柔情来尝味那经验，所以就有那种机会也无用。如果有如诗剧神话般的实景，当时当事者本身却没有领会诗的情感又如何行？即使有了，只是浅俗的赏月折花的限量，那又有什么话说？！转过来说，对悲哀的敏感容量也是生活中可贵处。当时当事，你也许得流出血泪，过去后那些在你经验中也是不可鄙视的创痍。（此刻说说话，我倒暂时忘记了我昨天到今晚已整整哭了廿四小时，中间仅仅睡着三四个钟头，方才在过分的失望中颓废着觉到浪费去时间精力，很

名师点评

信件中不经意写出的语言就已非常优美，那么由此我们似乎也能窥见她雕琢过的作品的美好。

使自己感叹。）在夫妇中间为着相爱纠纷自然痛苦，不过那种痛苦也是夹着极端丰富的幸福在内的。冷漠不关心的夫妇结合才是真正的悲剧！

如果在"横溢情感"和"僵死麻木的无情感"中叫我来拣一个，我毫无问题要拣上面的一个，不管是为我自己或是为别人。人活着的意义基本的是在能体验情感。能体验情感还得有智慧有思想来分别了解那情感——自己的或别人的！如果再能表现你自己所体验所了解的种种在文字上——不管那算是宗教或哲学，诗，或是小说，或是社会学论文——（谁管那些）——使得别人也更得点人生意义，那或许就是所有的意义了——不管人文明到什么程度，天文地理科学的通到那里去，这点人性还是一样的主要，一样的是人生的关键。

在一些微笑或皱眉印象上称较分量，在无边际人事上驰骋细想正是一种生活。

算了吧！二哥，别太虐待自己，有空来我这里，咱们再费点时间讨论讨论它，你还可以告诉我一点实在情形。我在廿四小时中只在想自己如何消极到如此田地苦到如此如此，而使我苦得想去死的那个人自己在去上海火车中也苦得要命，已经给我来了两封电报一封信，这不是"人性"的悲剧么？那个人便是说他最不喜管人性的梁二哥！

徽因

你一定得同老金谈谈，他真是能了解同时又极客观极同情极懂得人性，虽然他自己并不一定会提起他的历史。

致沈从文

一九三五年十一月下旬

二哥：

怎么了？《大公报》到底被收拾，真叫人生气！有办法否？

昨晚我们这里忽收到两份怪报，名叫《亚洲民报》，篇幅大极，似乎内中还有文艺副刊，是大规模的组织，且有计划的，看情形似乎要《大公报》永远关门。气糊涂了我！社论看了叫人毛发能倒竖。我只希望是我神经过敏。

这日子如何"打发"？我们这国民连骨头都腐了！有消息请告一二。

徽因

名师点评

哀其不幸，怒其不争。正是因为林徽因对国家有着无限的爱，所以才会对腐朽的国民性充满了愤怒。

致沈从文

一九三七年十月

二哥：

我欠你一封信，欠得太久了！现在第一件事要告诉你的就是我们又都在距离相近的一处了。大家当时分手得那么突兀惨淡，现在零零落落的似乎又聚集起来。一切转变得非常古怪，两月以来我种种的感到糊涂。事情越看得多点，心越焦，我并不奇怪自己没有青年人抗战中兴奋的情绪，因为我比许多人明白一点自己并没有抗战，生活离前线太远，一方面自己的理智方面也仍然没有失却它寻常的职能，观察得到一些叫人心里顶

词语在线

惨淡：①暗淡无色。②凄凉；萧条，不景气。③形容苦费心力。

难过的事。心里有时像个药罐子。

自你走后我们北平学社方面发生了许多叫我们操心的事，好容易挨过了俩仨星期（我都记不清有多久了）才算走脱，最后我是病的，却没有声张，临走去医院检查了一遍，结果是得着医生严重的警告——但警告白警告，我的寿命是由天的了。临行的前夜一直弄到半夜三点半，次早六时由家里出发，我只觉得是硬由北总布胡同扯出来上车拉倒。东西全弃下倒无所谓，最难过的是许多朋友都像是放下忍心的走掉，端公太太、公超太太住在我家，临别真是说不出的感到似乎是故意那么狠心的把她们抛下，兆和也是一个使我顶不知怎样才好的，而偏偏我就根本赶不上去北城一趟看看她。我恨不得是把所有北平留下的太太孩子挤在一块走出到天津再说。可是我也知道天津地方更莫名其妙，生活又贵，平津那一节火车情形那时也是一天一个花样，谁都不保险会出什么样把戏的。

这是过去的话了，现在也无从说起，自从那时以后，我们真走了不少地方。由卢沟桥事变到现在，我们把中国所有的铁路都走了一段！最紧张的是由北平到天津，由济南到郑州。带着行李小孩奉着老母，由天津到长沙共计上下舟车十六次，进出旅店十二次，这样走法也就很够经验的，所为的是回到自己的后方。现在后方已回到了，我们对于战时的国家仅是个不可救药的累赘而已。同时我们又似乎感到许多我们可用的力量废放在这里，是因为各方面缺乏更好的组织来尽量的采用。我们初到时的兴奋，现实已变成习惯的悲感。更其糟的是这几天看到许多过路的队伍兵丁，由他们吃的穿的到其他一切一切。"惭愧"两字我嫌它们过于单纯，所以我没有字来告诉你，我心里所感触的味道。

前几天我着急过津浦线上情形，后来我急过"晋北"的情形——那时还是真正的"晋北"——由大营到繁峙代县，雁门朔县宁武原平崞县忻县一带路，我们是熟极的，阳明堡以北到大同的公路更是有过老朋友交情，那一带的防御在卢变以后一星期中我们所知道的等于是"鸡蛋"。我就不信后来赶得及怎样"了不起"的防御工作，老西儿的军队更是软懦到万分，见不得风的，怎不叫我跳急到万分！好在现在情形已又不同了，谢老天爷，但是看战报的热情是罪过的。如果我们再按紧一点事实的想象：天这样冷……（就不说别的！！）战士们在怎样的一个情形下活着或死去！三个月以前，我们在那边已穿过棉！所以一天到晚，我真不知想什么好，后方的热情是罪过，不热情的话不更罪过？二哥，你想，我们该怎样的活着才有法子安顿这一副还未死透的良心？

我们太平时代（考古）的事业，现时谈不到别的了，在极省检的法子下维护它不死，待战后再恢复算最为得体的办法。个人生活已甚苦，但尚不到苦到"不堪"。我是女人，当然立刻变成纯净的"糟糠"的典型，租到两间屋子烹调，课子，洗衣，铺床，每日如在走马灯中过去。中间来几次空袭警报，生活也就饱满到万分。注：一到就发生住的问题，同时患腹泻，所以在极马虎中租到一个人家楼上的两间屋。就在火车站旁，火车可以说是从我窗下过去！所以空袭时颇不妙，多暂避于临时大学（熟人尚多见面，金甫亦"高个子"如故）。文艺，理想，都像在北海五龙亭看虹那么样，是过去中一种偶然的遭遇，现实只有一堆矛盾的现实抓在手里。

话又说多了，且乱，正像我的老样子。二哥你现实在做什么，有空快给我一封信。（在汉口时，我知道你在隔江，就无法来找你一趟。）我在长沙回首雁门，正不知有多少伤心呢，不日或起早到昆明，长途车约七八日，天已寒冷，秋气肃杀，这路不太好走，或要去重庆再到成都，一切以营造学社工作为转移。（而其间问题尚多，今天不谈了。）现在因时有空袭警报，所以一天不能离开老的或小的，精神上真是苦极苦极，一天的操作也于我的身体有相当威胁。

徽因　在长沙

长沙韭菜园教厂坪 134 刘宅梁

致沈从文

一九三七年十一月九日至十日

二哥：

在黑暗中，在车站铁篷子底分别，很有种清凉味道，尤其是走的人没有找着车位，车上又没有灯，送的打着雨伞，天上落着很凄楚的雨，地下一块亮一块黑的反映着泥水洼，满车站的兵——开拔到前线的，受伤开回到后方的！那晚上很代表我们这一向所过的日子的最黯淡的底层——这些日子表面上固然

词语在线

偶然①事理上不一定要发生而发生的；超出一般规律的（跟"必然"相对）。②间或；有时候。

还留一点未曾全褪败的颜色。

这十天里长沙的雨更象征着一切霉湿，凄怆，惶惑的生活。那种永不开缝的阴霾封锁着上面的天，留下一串串继续又继续着檐漏般不痛快的雨，屋里人冻成更渺小无能的小动物，缩着脖子只在呆想中让时间赶到头里，拖着自己半蛰伏的灵魂。接到你第一封信后我又重新发热伤风过一次，这次很规矩的躺在床上发冷，或发热，日子清苦得无法设想，偏还老那么悬着，叫人着一种无可奈何的急。如果有天，天又有意旨，我真想他明白点告诉我一点事，好比说我这种人需要不需要活着，不需要的话，这种悬着日子也不都是侈奢？好比说一个非常有精神喜欢挣扎着生存的人，为什么需要肺病，如果是需要，许多希望着健康的想念在她也就很侈奢，是不是最好没有？死在长沙雨里，死得虽未免太冷点，往昆明跑，跑后的结果如果是一样，那又怎样？昨天我们夫妇算算到昆明去，现在要不就走，再去怕更要落雪落雨发生问题，就走的话，除却旅费，到了那边时身上一共剩下三百来元，万一学社经费不成功，带着那一点点钱，一家子老老小小流落在那里颇不妥当，最好得等基金方面一点消息。……

可是今天居然天晴，并且有大蓝天，大白云，顶美丽的太阳光！我坐在一张破藤椅上，破藤椅放在小破廊子上，旁边晒着棉被和雨鞋，人也就轻松一半，该想的事暂时不再想它，想想别的有趣的事：好比差不多二十年前，我独自坐在一间顶大的书房里看雨，那是英国的不断的雨。我爸爸到瑞士国联开会去，我能在楼上嗅到顶下层楼下厨房里炸牛腰子同洋咸肉，到晚上又是在顶大的饭厅里（点着一盏顶暗的灯）独自坐着（垂着两条不着地的腿同刚刚垂肩的发辫），一个人吃饭一面咬着手指头哭——闷到实在不能不哭！理想的我老希望着生活有点浪漫的发生，或是有个人叩下门走进来坐在我对面同我谈话，或是同我同坐在楼上炉边给我讲故事，最要紧的还是有个人要来爱我。我做着所有女孩做的梦。而实际上却只是天天落雨又落雨，我从不认识一个男朋友，从没有一个浪漫聪明的人走来同我玩——实际生活上所认识的人从没有一个像我所想象的浪漫人物，却还加上一大堆人事上的纷纠。

话说得太远了，方才说天又晴了，我却怎么又转到落雨上去？真糟！肚子有点饿，嗅不着炸牛腰子同咸肉更是无法再想英国或廿年前的事，国联或其他！

方才念到你的第二信，说起爸爸的演讲，当时他说的顶热闹，根本没有想到注意近在自己身边的女儿的日常一点点小小苦痛比那种演讲更能表示他真的懂得那些问题的重要。现在我自己已做了嬷嬷，我不愿意在任何情形下把我的任何一角酸辛的经验来换他当时的一篇漂亮话，不管它有多少风趣！这也许是我比他诚实，也许是我比他缺一点幽默！

好久了，我没有写长信，写这么杂乱无系统的随笔信，今晚上写了这许多，谁知道我方才喝了些什么，此刻真是冷，屋子里谁都睡了，温度仅仅五十一度，也许这是原因！

明早再写关于沅陵及其他向昆明方面设想的信！

又接到另外一封信，关于沅陵我们可以想想，关于大举移民到昆明的事还是个大悬点挂在空里，看样子如果再没有计划就因无计划而在长沙留下来过冬，不过关于一切我仍然还须给你更具体的回信一封，此信今天暂时先拿去付邮而免你惦挂。

昨天张君劢老前辈来此，这人一切仍然极其"混沌"（我不叫它做天真）。天下事原来都是一些极没有意思的，我们理想着一些美妙的完美，结果只是处处悲观叹息着。我真佩服一些人仍然整天说着大话，自己支持着极不相干的自己，以至令别人想哭！

匆匆

徽因

十一月九日至十日

致沈从文
一九三七年十二月九日

二哥：

决定了到昆明以便积极的作走的准备。本买二日票，后因思成等周寄梅先生，把票退了，再去买时已经连七号的都卖光了，只好买八号的。

今天中午到了沅陵。昨晚里住在官庄的。沿途景物又秀丽又雄壮时就使我们想到你二哥对这些苍翠的，天排布的深浅山头，碧绿的水和其间稍稍带点天真的人为的点缀，如何的亲切爱好，感到一种愉快。天气是好到不能更好，我说如果不是在

词语在线

点缀：①加以衬托或装饰，使原有事物更加美好。②装点门面；应景儿；凑数儿。

27

这战期中时时心里负着一种悲伤哀愁的话，这旅行真是不知几世修来。

昨晚有人说或许这带有匪，倒弄得我们心有点慌慌的，住在小旅店里灯火荧荧如豆，外边微风撼树，不由得不有一种特别情绪，其实我们很平安的到达很安靖的地带。

今天来到沅陵，风景愈来愈妙，有时颇疑心有翠翠这种的人物在！沅陵城也极好玩，我爱极了。你老兄的房子在小山上，非常别致有雅趣，原来你一家子都是敏感的有精致爱好的。我同思成带了两个孩子来找他，意外还见到你的三弟，新从前线回来，他伤已愈，可以拐杖走路。他们待我们太好（个个性情都有点像你处）。我们真欢喜极了，都又感到太打扰得他们有点不过意。虽然，有半天工夫在那楼上廊子上坐着谈天，可是我真感到有无限亲切。沅陵的风景，沅陵的城市，同沅陵的人物，在我们心里是一片很完整的记忆，我愿意再回到沅陵一次，无论什么时候，最好当然是打完仗！

说到打仗你别过于悲观，我们还许要吃苦，可是我们不能不争到一种翻身的地步。我们这种人太无用了。也许会死，会消灭，可是总得别的法子我们中国国家进步了弄得好一点，争出一种新的局面，不再是低着头的被压迫着，我们根据事实时有时很难乐观，但是往大处看，抓紧信心，我相信我们大家根本还是乐观的，你说对不对？

这次分别，大家都怀着深忧！不知以后事如何？相见在何日？只要有着信心，我们还要再见的呢。

无限亲切的感觉，因为我们在你的家乡。

徽因

昆明住址云南大学王赣愚先生转

致沈从文

一九三八年春

二哥：

　　事情多得不可开交，情感方面虽然有许多新的积蓄，一时也不能够去清理（这年头也不是清理情感的时候）。昆明的到达既在离开长沙三十九天之后，其间的故事也就很有可纪念的。我们的日子至今尚似走马灯的旋转，虽然昆明的白云悠闲疏散在蓝天里。现在生活的压迫似乎比从前更有分量了。我问我自己三十年底下都剩一些什么，假使机会好点我有什么样的一两句话说出来，或是什么样事好做，这种问题在这时候问，似乎更没有回答——我相信我已是一整个的失败，再用不着自己过分的操心——所以朋友方面也就无话可说——现在多半的人都最惦挂我的身体。一个机构多方面受过损伤的身体实在用不着惦挂，我看黔滇间公路上所用的车辆颇感到一点同情，在中国做人同在中国坐车子一样，都要承受那种的待遇，磨到焦头烂额，照样有人把你拉过来推过去爬着长长的山坡。你若使懂事多了，挣扎一下，也就不见得不会喘着气爬山过岭，到了你最后的一个时候。

　　不，我这比喻打得不好，它给你的印象好像是说我整日里

词语在线

焦头烂额:
形容十分狼狈窘迫。

29 ▶

在忙着服务，有许多艰难的工作做，其实，那又不然，虽然思成与我整天宣言我们愿意义务的替政府或其他公共机关效力，到了如今人家还是不找我们做正经事，现在所忙的仅是一些零碎的私人所委托的杂务，这种私人相委的事如果他们肯给我们一点实际的酬报，我们生活可以稍稍安定，挪点时候做些其他有价值的事也好，偏又不然，所以我仍然得另想别的办法来付昆明的高价房租，结果是又接受了教书生涯，一星期来往爬四次山坡走老远的路，到云大去教六点钟的补习英文。上月净得四十余元法币，而一方面为一种我们最不可少的皮尺昨天花了二十三元买来！

到如今我还不大明白我们来到昆明是做生意，是"走江湖"还是做"社会性的骗子"——因为梁家老太爷的名分，人家常抬举这对愚夫妇，所以我们是常常有些阔绰的应酬需要我们笑脸的应付——这样说来好像是牢骚，其实也不尽然，事实上就是情感良心均不得均衡！前昨同航空毕业班的几个学生谈，我几乎要哭起来，这些青年叫我一百分的感激同情，一方面我们这租来的房子墙上还挂着那位主席将军的相片，看一眼，话就多了——现在不讲——天天早上那些热血的人在我们上空练习速度，驱逐和格斗，底下芸芸众生吃喝得仍然有些讲究。思成不能酒我不能牌，两人都不能烟，在做人方面已经是十分惭愧！现在昆明人材济济，那一方面人都有。云南的权贵，香港的服装，南京的风度，大中华民国的洋钱，把生活描画得十三分对不起那些在天上冒险的青年，其他更不用说了。现在我们所认识的

名师点评

航空学校的毕业生为了国家努力训练，"底下芸芸众生吃喝得仍然有些讲究"，两者的对比更突显出毕业生的奋进与芸芸众生的麻木。

穷愁朋友已来了许多，同感者自然甚多。

陇海全线的激战使我十分兴奋，那一带地方我比较熟习，整个心都像在那上面滚，有许多人似乎看那些新闻印象里只有一堆内地县名，根本不发生感应，我就奇怪！我真想在山西随军，做什么自己可不大知道！

二哥，我今天心绪不好，写出信来怕全是不好听的话，你原谅我，我要搁笔了。

这封信暂做一个赔罪的先锋，我当时也知道朋友们一定会记挂，不知怎么我偏不写信，好像是罚自己似的——一股坏脾气发作！

徽因

致梁思庄
一九三六年夏

思庄：

来后还没有给你信，旅中并没有多少时间。每写一封到北平，总以为大家可以传观，所以便不另写。连得三爷，老金等信，给我们的印象总是一切如常，大家都好，用不着我操什么心，或是要赶急回去的。但是出来已两周，我总觉得该回去了，什么怪时候，赶什么怪车都愿意，只要能省时候。尤其是这几天在建筑方面非常失望，所谓大寺庙不是全是垃圾，便是已代以清末简陋的不相干房子，还刷着蓝白色的"天下为公"及其他，变成机关或学校。每去一处都是汗流浃背的跋涉，走路工作的时候又总是早八至晚六最热的时间里。这三天来可真真累得不亦乐乎。吃得也不好，天太热也吃不大下。因此种种，我们比上星期的精神差多了。

上星期劳苦功高之后，必到个好去处，不是山明水秀，就是古代遗址眩目惊神，令人忘其所以！青州外表甚雄，城跨山边，河绕城下，石桥横通，气象宽朗，且树木葱郁奇高。晚间到时山风吹过，好像满有希望，结果是一无所得。临淄更惨，古刹大佛有数处。我们冒热出火车，换汽车，洋车，好容易走到，仅在大中午我们已经心灰意懒时得见一个北魏石像！庙则统统毁光！

你现在是否已在北屋暂住下，Boo住那里？你请过客没有？如果要什么请你千万别客气，随便叫陈妈预备。思马一外套取回来没有？天这样热，I can't quite imagine 人穿它！她的衣料拿去做了没有？都是挂念。匆匆

> ✏ 名师点评
>
> 译为我简直难以想象。

二嫂

整天被跳蚤咬得慌，坐在三等火车中又不好意思伸手在身上各处乱抓，结果浑身是包！

致傅斯年

一九四二年十月五日

孟真先生：

接到要件一束，大吃一惊，开函拜读，则感与惭并，半天作奇异感！空言不能陈万一，雅不欲循俗进谢，但得书不报，

意又未安。踌躇了许久仍是临书木讷，话不知从何说起！

今日里巷之士穷愁疾病，屯蹶颠沛者甚多。固为抗战生活之一部，独思成兄弟年来蒙你老兄种种帮忙，营救护理无所不至，一切医药未曾欠缺，在你方面固然是存天下之义，而无有所私，但在我们方面虽感到 lucky 终增愧悚，深觉抗战中未有贡献，自身先成朋友及社会上的累赘的可耻。

现在你又以成永兄弟危苦之情上闻介公，丛细之事累及泳霓先生，为拟长文说明工作之优异，侈誉过实，必使动听，深知老兄苦心，但读后惭汗满背矣！

尤其是关于我的地方，一言之誉可使我疚心疾首，夙夜愁痛。日念平白吃了三十多年饭，始终是一张空头支票难得兑现。好容易盼到孩子稍大，可以全力工作几年，偏偏碰上大战，转入井臼柴米的阵地，五年大好光阴又失之交臂。近来更胶着于疾病处残之阶段，体衰智困，学问工作恐已无分，将来终负今日教勉之意，太难为情了。

素来厚惠可以言图报，惟受同情，则感奋之余反而缄默，此情想老兄伉俪皆能体谅，匆匆这几行，自然书不尽意。

思永已知此事否？思成平日谦谦怕见人，得电必苦不知所措。希望泳霓先生会将经过略告知之，俾引见访谢时不至于茫然，此问

双安。

徽因　拜上

十月五日午后

词语在线

失之交臂：指当面错过，失掉好机会（交臂：因彼此走得很靠近而胳膊碰胳膊）。

致金岳霖

一九四三年十一月下旬

老金：

多久多久了，没有用中文写信，有点儿不舒服。

John 到底回美国来了，我们愈觉到寂寞，远，闷，更盼战事早点结束。

一切都好。近来身体也无问题的复原，至少同在昆明时完全一样。本该到重庆去一次，一半可玩，一半可照 X 光线等。可惜天已过冷，船甚不便。

思成赶这一次大稿，弄得苦不可言。可是总算了一桩大事，虽然结果还不甚满意，它已经是我们好几年来想写的一种书的起头。我得到的教训是，我做这种事太不行，以后少做为妙，虽然我很爱做。自己过于不 efficient，还是不能帮思成多少忙！可是我学到许多东西，很有趣的材料，它们本身于我也还是有益。

名师点评

译为能干。

已经是半夜，明早六时思成行。

我随便写几行，托 John 带来，权当晤面而已。

徽寄爱

致张兆和

一九四九年一月三十日

卅七年末北平围城时从清华园寄城中。徽。交三姐。

三小姐：

收到你的信，并且得知我们这次请二哥出来，的确也是你所赞同的，至为欣慰。这里的气氛与城里完全两样，生活极为安定愉快。一群老朋友仍然照样的打发日子，老邓、应铨等就天天看字画，而且人人都是乐观的，怀着希望的照样工作。二哥到此，至少可以减少大部分精神上的压迫。

他住在老金家里。早起八时半就同老金一起过我家吃早饭；饭后聊天半小时，他们又回去；老金仍照常伏案。

中午又来，饭后照例又聊半小时，各回去睡午觉。下午四时则到熟朋友家闲坐；吃吃茶或是（乃至）有点点心。六时又到我家，饭后聊到九时左右才散。这是我们这里三年来的时程，二哥来此加入，极为顺利。晚上我们为他预备了安眠药。由老金临睡时发给一粒。此外在睡前还强迫吃一杯牛奶，所以二哥的睡眠也渐渐的上了轨道了。

名师点评

以上为梁思成所写，以下为林徽因所写。

徽因续写：

二哥第一天来时精神的确紧张，当晚显然疲倦，但心绪却愈来愈开朗，第二天人更显愉快。但据说仍睡得不多，所以我又换了一种安眠药交老金三粒（每晚代发一粒给二哥），且主张临睡喝热牛奶一杯。昨晚大家散得特别早。今早他来时精神极好，据说昨晚早睡，半夜"只醒一会儿"。说是昨夜的药比前夜的好，大约他是说实话不是哄我。看三天来的进步，请你放心他的一切。今晚或不再给药了，我们熟友中的谈话多半都是可以解除他那些幻想的过虑的，尤以熙公的为最有力，所以在这方面他也同初来时不同了。近来因为我病老金又老，在我们这边吃饭，所以我这里没有什么客人，他那边更少人去，清静之极。今午二哥大约到念生家午饭。噜噜嗦嗦写了这大篇，无非是要把确实情形告诉你放心，"语无伦次"一点，别笑话。

词语在线

语无伦次:
话讲得很乱，
没有条理层次。

这里这几天天晴日美，郊外适于郊游闲走，我们还要设法要二哥走路——那是最可使他休息脑子，而晚上容易睡着的办法，只不知他肯不肯，即问。

思成　徽因同上

您自己可也要多多休息才好，如果家中能托人，一家都来这边，就把金家给你们住，老金住我们书房也极方便。

致梁思成

致梁思成（节选）

一九五三年三月十二日

思成：

……

我现在正在由以养病为任务的一桩事上考验自己，要求胜利完成这个任务。在胃口方面和睡眠方面都已得到非常好的成绩，胃口可以得到九十分，睡眠八十分，现在最难的是气管，气管影响痰和呼吸又影响心跳甚为复杂，气管能进步一切进步最有把握，气管一坏，就全功尽废了。

我的工作现实限制在碑建会设计小组的问题，有时是把几个有限的人力拉在一起组织一下分配一下工作，技术方面讨论如云纹，如碑的顶部；有时是讨论应如何集体向上级反映一些具体意见作一两种重要建议，今天就是刚开了一次会，有阮邱莫吴梁连我六人，前天已开过一次，拟了一信稿呈郑副主任和薛秘书长的，今天阮将所拟稿带来又修正了一次今晚抄出大家签名明天可发出（主要①要求立即通知施工组停扎钢筋，美工合组事难定了，尚未开始，所以②也趁此时再要求增加技术人员加强设计实力，③反映我们对去掉大台认为对设计有利，可能将塑型改善，而减掉复杂性质的陈列室和厕所设备等等使碑的思想性明确单纯许多）。再冰小弟都曾回来，娘也好，一切勿念。信到时可能已过三月廿一日了。

天安门追悼会的情形已见报我不详写了。

昨李宗津由广西回来还不知道你到莫斯科呢。

徽因　三月十二日写完

致梁思成（节选）

一九五三年三月十七日

思成：

今天是十六日，此刻黄昏六时，电灯没有来，房很黑又不能看书做事，勉强写这封信已快看不见了。十二日发一信后仍然忙于碑的事。今天小吴老莫都到城中开会去，我只能等听他们的传达报告了。讨论内容为何，几方面情绪如何，决议了什么具体办法，现在也无法知道。昨天是星期天，老金不到十点钟就来了，刚进门再冰也回来，接着小弟来了，此外无他人，谈得正好，却又从无线电中传到捷克总统逝世消息。这种消息来在那样沉痛的斯大林同志的殡仪之后，令人发楞发呆，不能相信不幸的事可以这样的连着发生。大家心境又黯然了，……

中饭后老金小弟都走了。再冰留到下午六时，她又不在三月结婚了，想改到国庆，理由是于中干说他希望在广州举行。那边他们两人的熟人多，条件好，再冰可以玩一趟。这次他来，时间不够也没有充分心理准备，六月又太热。我是什么都赞成。反正孩子高兴就好。

我的身体方面吃得那么好，睡得也不错，而不见胖，还是爱气促和闹清痰打"呼噜出泡声"，血脉不好好循环冷热不正常等等，所以疗养还要彻底，病状比从前深点，新陈代谢作用太坏，恢复的现象极不显著，也实在慢，今天我本应该打电话问校医室血沉率和痰化验结果的，今晚便可以报告，但因害怕结果不完满因而不爱去问！

学习方面可以报告的除了报上主要政治文章和理论文章外，我连着看了四本书都是小说式传记。都是英雄的真人真事。……

还要和你谈什么呢？又已经到了晚饭时候，该吃饭了，只好停下来。（下午一人甚闷时，关肇业来坐一会儿，很好。太闷着看书觉到晕昏。）（十六日晚写）

十七日续　我最不放心的是你的健康问题，我想你的工作一定很重，你又容易疲倦，一边又吃 Rimifon 不知是否更易累和困，我的心里总惦着，我希望你停 Rimifon 吧，已经满两个半月了。苏联冷，千万注意呼吸器官的病。

昨晚老莫回来报告，大约把大台改低是人人同意，至于具体草图什么时候可以画出并决定，是真真伤脑筋的事，尤其是碑顶仍然意见分歧。

徽因匆匆写完　三月十七午

品读赏析

林徽因是民国时期著名的才女，她的书信中隐约透露出她身上的文学气息。但她并不是一个处身于象牙塔之中不谙世事、一心追求文学创作的天真少女，她热衷于自己的建筑事业、关心自己的亲朋好友、关注国家和社会的种种问题，是一个有着强烈责任感的人。

写作积累

唐突　不堪回首　窘迫　纠纷　蹊跷　周折　不寒而栗
人困马乏

·我永是"我"，被诗人恭维了也不会增美增能，有过一段
不幸的曲折的旧历史也没有什么可羞惭。

·我今年入山已月余，触景伤怀，对于死友的悲念，几乎成
个固定的咽梗牢结在喉间，生活则仍然照旧辗进，这不自然的缄
默像个无形的十字架，我奇怪我不曾一次颠仆在那重量底下。

·有时也还想说几句话，但是那些说话似乎为了它们命定的
原因，绝不会诞生在语言上，虽然它们的幻灭是为了忠诚，不是
为了虚伪，但是一样的我感到伤心，不可忍的苦闷。

·那晚上很代表我们这一向所过的日子的最黯淡的底层——
这些日子表面上固然还留一点未曾全褪败的颜色。

·天下事原来都是一些极没有意思的，我们理想着一些美妙
的完美，结果只是处处悲观叹息着。

思考练习

1. 林徽因是怎样的人？

2. 林徽因为搜寻徐志摩的日记做出了哪些努力？

3. 书信中哪些地方透露出林徽因对建筑的热爱？

小说卷

林徽因创作的小说并不多，但她小说中的人物个性鲜明、生动鲜活。想知道林徽因塑造了哪些活灵活现的人物吗？快来看看吧。

窘

暑假中真是无聊到极点，维杉几乎急着学校开课，他自然不是特别好教书的，——平日他还很讨厌教授的生活——不过暑假里无聊到没有办法，他不得不想到做事是可以解闷的。拿做事当作消遣也许是堕落，中年人特有的堕落。"但是，"维杉狠命的划一下火柴，"中年了又怎样？"他又点上他的烟卷连抽了几口。朋友到暑假里，好不容易找，都跑了，回南的不少，几个年轻的，不用说，更是忙得可以。当然脱不了为女性着忙，有的远赶到北戴河去。只剩下少朗和老晋几个永远不动的金刚，那又是因为他们有很好的房子有太太有孩子，真正过老牌子的中年生活，谁都不像他维杉的四不像的落魄！

维杉已经坐在少朗的书房里有一点多钟了，说着闲话，虽然他吃烟的时候比说话的多。难得少朗还是一味的活泼，他们中间隔着十年倒是一件不很显著的事，虽则少朗早就做过他的四十岁整寿，他的大孩子去年已进了大学。这也是旧式家庭的好处，维杉呆呆地靠在矮榻上想，眼睛望着竹帘外大院子。一缸莲花和几盆很大的石榴树，夹竹桃，叫他对着北京这特有的味道赏玩。他喜欢北京，尤其是北京的房子院子。有人说北京房子傻透了，尽是一律的四合头，这说话的够多没有意思，他那里懂得那均衡即对称的庄严？北京派的摆花也是别有味道，连下人对盆花也是特别地珍惜，你看那一个大宅子的马号院里，或是门房前边，没有几盆花在砖头叠的座子上整齐的放着？想到马号维杉有些不自在了，他可以想象到他的洋车在日影底下停着，车夫坐在脚板上歪着脑袋睡觉，无条件的在等候他的主人，而他的主人……

无聊真是到了极点。他想立起身来走，却又看着毒火般的太阳胆怯。他听到少朗在书桌前面说："昨天我亲戚家送来几个好西瓜，今天该冰得可以了。你吃点吧？"

他想回答说："不，我还有点事，就要走了。"却不知不觉的立起身来说："少朗，这夏天我真感觉沉闷，无聊！委实说这暑假好不容易过。"

少朗递过来一盒烟，自己把烟斗衔到嘴里，一手在桌上抓摸洋火。他对维杉看了一眼，似笑非笑地皱了一皱眉头——少朗的眉头是永远有文章的。维杉不觉又有一点不自在，他的事情，虽然是好几年前的事情，少朗知道得最清楚的——也许太清楚了。

"你不吃西瓜么？"维杉想拿话岔开。

少朗不响，吃了两口烟，一边站起来按电铃，一边轻轻地说："难道你还没有忘掉？"

"笑话！"维杉急了，"谁的记性抵得住时间？"

少朗的眉头又皱了一皱，他信不信维杉的话很难说。他嘱咐进来的陈升到东院和太太要西瓜，他又说："索性请少爷们和小姐出来一块儿吃。"少朗对于家庭是绝对的旧派，和朋友们一处时很少请太太出来的。

"孩子们放暑假，出去旅行后，都回来了，你还没有看见吧？"

从玻璃窗，维杉望到外边。从石榴和夹竹桃中间跳着走来两个身材很高，活泼泼的青年和一个穿着白色短裙的女孩子。

"少朗，那是你的孩子长得这么大了？"

"不，那个高的是孙家的孩子，比我的大两岁，他们是好朋友，这暑假他就住在我们家里。你还记得孙石年不？这就是他的孩子，好聪明的！"

"少朗，你们要都让你们的孩子这样的长大，我，我觉得简直老了！"

竹帘子一响，旋风般地，三个活龙似的孩子已经站在维杉跟前。维杉和小孩子们周旋，还是维杉有些不自在，他很别扭地拿着长辈的样子问了几句话。起先孩子们还很规矩，过后他们只是乱笑。那又有什么办法？天真烂漫的青年知道什么？

少朗的女儿，维杉三年前看见过一次，那时候她只是十三四岁光景，张着一双大眼睛，转着黑眼珠，玩他的照相机。这次她比较腼腆地站在一边，拿起一把刀替他们切西瓜。维杉注意到她那只放在西瓜上边的手，她在喊"小篁哥"。她说："你要切，我可以给你这一半。"小嘴抿着微笑。她又说："可要看谁切得别致，要式样好！"她更笑得厉害一点。

维杉看她比从前虽然高了许多，脸样却还是差不多那么圆满，除却一个小尖的下颏。笑的时候她的确比不笑的时候大人气一点，这也许是她那排小牙很有点少女的丰神的缘故。她的眼睛还是完全的孩子气，闪亮，闪亮的，说不出还是灵敏，还是秀媚。维杉呆呆的想：<u>一个女孩子在成人的边沿真像一个绯红的刚成熟的桃子。</u>

孙家的孩子毫不客气的过来催她说："你那里懂得切西瓜，让我来吧！"

"对了，芝妹，让他吧，你切不好的！"她哥哥也催着她。

"爹爹，他们又打伙着来麻烦我。"她柔和的唤她爹。

"真丢脸，现时的女孩子还要爹爹保护么？"他们父子俩对看着笑了一笑，他拉着他的女儿过来坐下问维杉说："你看她还是进国内的大学好，还是送出洋进外国的大学好？"

"什么？这么小就预备进大学？"

"还有两年，"芝先答应出来，"其实只是一年半，因为我年假里便可以完，要是爹让我出洋，我春天就走都可以的，爹爹说是不是？"她望着她的爹。

"小鸟长大了翅膀，就想飞！"

"不，爹，那是大鸟把他们推出巢去学飞！"他们父子俩又交换了一个微笑。这次她爹轻轻地抚着她的手背，她把脸凑在她爹的肩边。

两个孩子在小桌子上切了一会儿西瓜，小孙顶着盘子走到芝前边屈下一膝，顽皮的笑着说："这西夏进贡的瓜，请公主娘娘尝一块！"

她笑了起来拈了一块又向她爹说："爹看他们够多皮？"

"万岁爷，您的御口也尝一块！"

"沅，不先请客人，岂有此理！"少朗拿出父亲样子来。

"这位外邦的贵客，失敬了！"沅递了一块过来给维杉，又张罗着碟子。

维杉又觉着不自在——不自然！说老了他不算老，也实在不老。可是年轻？他也不能算是年轻，尤其是遇着这群小伙子。真是没有办法！他不知为什么觉得窘极了。

此后他们说些什么他不记得，他自己只是和少朗谈了一些小孩子在国外进大学的问题。他好像比较赞成国外大学，虽然他也提出了一大堆缺点和弊病，他嫌国内学生的生活太枯干，不健康，太窄，太老……

"自然，"他说，"成人以后看外国比较有尺寸，不过我们并不是送好些小学生出去，替国家做检查员的。我们只要我们的孩子得着我们自己给不了他们的东西。既然承认我们有给不了

词语在线

顽皮：（儿童、少年等）爱玩爱闹，不听劝导。

他们的一些东西，还不如早些送他们出去自由地享用他们年轻人应得的权利——活泼的生活。奇怪，真的连这一点子我们常常都给不了他们，不要讲别的了。"

"我们"和"他们"！维杉好像在他们中间划出一条界线，分明地分成两组，把他自己分在前辈的一边。他羡慕有许多人只是一味的老成，或是年轻，他虽然分了界线却仍觉得四不像——窘，对了，真窘！芝看着他，好像在吸收他的议论，他又不自在到万分，拿起帽子告诉少朗他一定得走了。"有一点事情要赶着做。"他又听到少朗说什么"真可惜；不然倒可以一同吃晚饭的"。他觉着自己好笑，嘴里却说："不行，少朗，我真的有事非走不可了。"一边慢慢的踱出院子来。两个孩子推着挽着芝跟了出来送客。到维杉迈上了洋车后他回头看大门口那三个活龙般年轻的孩子站在门槛上笑，尤其是她，略歪着头笑，露着那一排小牙。

又过了两三天的下午，维杉又到少朗那里闲聊，那时已经差不多七点多钟，太阳已经下去了好一会儿，只留下满天的斑斑的红霞。他刚到门口已经听到院子里的笑声。他跨进西院的月门，只看到小孙和芝在争着拉天篷。

"你没有劲儿，"小孙说，"我帮你的忙。"他将他的手罩在芝的上边，两人一同狠命的拉。听到维杉的声音，小孙放开手，芝也停住了绳子不拉，只是笑。

维杉一时感着一阵高兴，他往前走了几步对芝说："来，让我也拉一下。"他刚到芝的旁边，忽然吱哑一声，雨一般的水点从他们头上喷洒下来，冰凉的水点骤浇到背上，吓了他们一跳，芝撒开手，天篷绳子从她手心溜了出去！原来小沅站在水缸边玩抽水机筒，第一下便射到他们的头上。这下子大家都笑，笑得厉害。芝站着不住地摇她发上的水。维杉踌躇了一下，从袋里掏出他的大手绢轻轻的替她揩发上的水。她两颊绯红了却没有躲走，低着头尽看她擦破的掌心。维杉看到她肩上湿了一小片，晕红的肉色从湿的软白纱里透露出来，他停住手不敢也拿手绢擦；只问她的手怎样了，破了没有。她背过手去说："没有什么！"就溜的跑了。

名师点评

这是一处细节描写，隐晦地表现出维杉对芝细微的感情。

少朗看他进了书房，放下他的烟斗站起来，他说维杉来得正好，他约了几个人吃晚饭。叔谦已经在屋内，还有老晋，维杉知道他们免不了要打牌的，他笑说："拿我来凑脚，我不来。"

"那倒用不着你，一会儿梦清和小刘都要来的，我们还多了人呢。"少朗得意地吃一口烟，叠起他的稿子。

"他只该和小孩子们耍去。"叔谦微微一笑，他刚才在窗口或者看到了他们拉天篷的情景。维杉不好意思了。可是又自觉得不好意思得毫无道理，他不是拿出老叔的牌子么？可是不相干，他还是不自在。

"少朗的大少爷皮着呢，浇了老叔一头的水！"他笑着告诉老晋。

"可不许你把人家的孩子带坏了。"老晋也带点取笑他的意思。

维杉恼了，恼什么他不知道，说不出所以然。他不高兴起来，他想走，他懊悔他来的，可是他又不能就走。他闷闷的坐下，那种说不出的窘又侵上心来。他接连抽了好几根烟，也不知都说了一些什么话。

晚饭时候孩子们和太太并没有加入，少朗的老派头。老晋和少朗的太太很熟，饭后同了维杉来到东院看她。她们已吃过饭，大家围住圆桌坐着玩。少朗太太虽然已经是中年的妇人，却是样子非常的年轻，又很清雅。她坐在孩子旁边倒像是姊弟。小孙在用肥皂刻一副象棋——他爹是学过雕刻的——芝低着头用尺画棋盘的方格，一只手按住尺，支着细长的手指，右手整齐地用钢笔描。在低垂着的细发底下，维杉看到她抿紧的小嘴，和那微尖的下颏。

"杉叔别走，等我们做完了棋盘和棋子，同杉叔下一盘棋，好不好？"沉问他。"平下，谁也不让谁。"他更高兴着说。

"那倒好，我们辛苦做好了棋盘棋子，你请客！"芝一边说她的哥哥，一边又看一看小孙。

"所以他要学政治。"小孙笑着说。好厉害的小嘴！维杉不觉看他一眼，小孙一头微鬈的黑发让手抓得蓬蓬的。两个伶俐的眼珠老带些顽皮的笑。瘦削的脸却很健硕白皙。他的两只手真有性格，并且是意外的灵动，维杉就喜欢观察人家的手。他看小孙的手抓紧了一把小刀，敏捷地在刻他的棋子，旁边放着两碟颜色，每刻完了一个棋子，他在字上从容地描入绿色或是红色。维杉觉着他很可爱，便放一只手在他肩上说："真是一个小美术家！"

名师点评

维杉总是不由自主地将视线移到了芝的身上，隐约显露了他的情感。

殷勤：热情而周到。

傧相：①古代称接引宾客的人，也指赞礼的人。②举行婚礼时陪伴新郎新娘的人。

刚说完，维杉看见芝在对面很高兴的微微一笑。

少朗太太问老晋家里的孩子怎样了，又殷勤的搬出果子来大家吃。她说她本来早要去看晋嫂的，只是暑假中孩子们在家她走不开。

"你看，"她指着小孩子们说，"这一大桌子，我整天的忙着替他们当差。"

"好，我们帮忙的倒不算了。"芝抬起头来笑，又露着那排小牙。"晋叔，今天你们吃的饺子还是孙家篁哥帮着包的呢！"

"是么？"老晋看一看她，又看了小孙，"怪不得，我说那味道怪顽皮的！"

"那红烧鸡里的酱油还是'公主娘'御手亲自下的呢。"小孙嚷着说。

"是么？"老晋看一看维杉，"怪不得你杉叔跪接着那块鸡，差点没有磕头！"

维杉又有点不痛快，也不是真恼，也不是急，只是觉得窘极了。"你这晋叔的学位，"他说，"就是这张嘴换来的。听说他和晋婶婶结婚的那一天演说了五个钟头，等到新娘子和傧相站在台上委实站不直了，他才对客人一鞠躬说：'今天只有这几句极简单的话来谢谢大家来宾的好意！'"

小孩们和少朗太太全听笑了，少朗太太说："够了，够了，这些孩子还不够皮的，你们两位还要教他们？"

芝笑得仰不起头来，小孙瞟她一眼，哼一声说："这才叫做女孩子。"她脸胀红了瞪着小孙看。

棋盘，棋子全画好了。老晋要回去打牌，孩子们拉着维杉不放，他只得留下，老晋笑了出去。维杉只装没有看见。小孙和芝站起来到门边脸盆里争着洗手，维杉听到芝说：

"好痛，刚才绳子擦破了手心。"

小孙说："你别用胰子就好了。来，我看看。"他拿着她的手仔细看了半天。他们两人拉着一块手巾一同擦手，又吃吃咕咕的说笑。

维杉觉得无心下棋，却不得不下。他们三个人战他一个。起先他懒洋洋的没有注意，过一刻他真有些应接不暇了。不知为什么他却觉着他不该输的，他不愿意输！说起真好笑，可是他的确感着要占胜，孩子不孩子他不管！芝的眼睛镇住看他的棋，好像和弱者表同情似的，他真急了。他野蛮起来了，他居然进攻对方的弱点了，他调用伷很有点神气的马了，他走卒了，棋势紧张起来，两边将帅都不能安居在当中了。孩子们的车守住他大帅的脑门顶上，吃力的当然是维杉的棋！没有办法。三个活龙似的孩子，六个玲珑的眼睛，维杉又有什么法子！他输了输了，不过大帅还真死得英雄，对方的危势也只差一两子便要命的！但是事实上他仍然是输了。下完了以后，他觉得热，出了些汗，他又拿出手绢来刚要揩他的脑门，忽然他呆呆地看着芝的细松的头发。

"还不快给杉叔倒茶。"少朗太太喊她的女儿。

芝转身到茶桌上倒了一杯，两只手捧着，端过来。维杉不知为什么又觉得窘极了。

孩子们约他清早里逛北海，目的当然是摇船。他去了，虽然好几次他想设法推辞不去的。他穿他的白嗬吱裤子葛布上衣，拿了他草帽微觉得可笑，他近来永远的觉得自己好笑，这种横生的幽默，他自己也不了解的。他一径走到北海的门口还想着要回头的。站岗的巡警向他看了一眼，奇怪，有时你走路时忽然望到巡警的冷静的眼光，真会使你怔一下，你要自问你都做了些什么事，准知道没有一件是违法的么？他买到票走进去，猛抬头看到那桥前的牌楼。牌楼，白石桥，垂柳，都在注视他。——他不痛快极了，挺起腰来健步走到旁边小路上，表示不耐烦。不耐烦的脸本来与他最相宜的，他一失掉了"不耐烦"的神情，他便好像丢掉了好朋友，心里便不自在。懂得吧？他绕到后边，隔岸看一看白塔，它是自在得很，永远带些不耐烦的脸站着，——还是坐着？——它不懂得什么年轻，老。这一些无聊的日月，它只是站着不动，脚底下自有湖水，亭榭松柏，杨柳，人，——老的小的——忙着他们更换的纠纷！

他奇怪他自己为什么到北海来，不，他也不是懊悔，清早里松荫底下发着凉香，谁懊悔到这里来？他感着像青草般在接受露水的滋润，他居然感着舒快。奢侈的金黄色的太阳横着射过他的辉焰，湖水像锦，莲花莲叶并着肩挨挤成一片，像在争着朝觐这早上的云天！这富足，这绮丽的天然，谁敢不耐烦？维杉到五龙亭边坐下掏出他的烟卷，低着头想要仔细的，细想一些事，去年的，或许前年的，好多年的事，——今早他又像回到许多年前去——可是他总想不出一个所以然来。"本来是，又何必想？要活着就别想！这又是谁说过的话……"

忽然他看到芝一个人向他这边走来。她穿着葱绿的衣裳，裙子很短，随着她跳跃的脚步飘动，手里玩着一把未开的小纸伞。头发在阳光里，微带些红铜色，那倒是很特别的。她看到维杉笑了一笑，轻轻的跑了几步凑上来，喘着说："他们拿船去了。可是一个不够，我们还要雇一只。"维杉丢下烟，不知不觉得拉着她的手说：

"好，我们去雇一只，找他们去。"

她笑着让他拉着她的手。他们一起走了一些路，才找着租船的人。维杉看她赤着两只健秀的腿，只穿一双统子极短的袜子，和一双白布的运动鞋；微红的肉色和葱绿的衣裳叫他想起他心爱的一张新派作家的画。他想他可惜不会画，不然，他一定知道怎样的画她。——微红的头发，小尖下颏，绿的衣服，红色的腿，两只手，他知道，一定知道怎样的配置。他想象到这张画挂在展览会里，他想象到这张画登在月报上，他笑了。

她走路好像是有弹性的奔腾。龙，小龙！她走得极快，他几乎要追着她。他们雇好船跳下去，船人一竹篙把船撑离了岸，他脱下衣裳卷起衫袖，他好高兴！她说她要先摇，他不肯，他点上烟含在嘴里叫她坐在对面。她忽然又腼腆起来低着头装着看莲花半晌没有说话，他的心像被蜂螫了一下，又觉得一阵窘，懊悔他出来。他想说话，却找不出一句话说，他尽摇着船也不知过了多少时候她才抬起头来问他说：

"杉叔，美国到底好不好？"

"那得看你自己。"他觉得他自己的声音粗暴，他后悔他这样尖刻的回答她诚恳的问话。他更窘了。

她并没有不高兴，她说，"我总想出去了再说。反正不喜欢我就走。"

这一句话本来很平淡，维杉却觉得这孩子爽快得可爱，他夸她说：

"好孩子，这样有决断才好。对了，别错认学位做学问就好了，你预备学什么呢？"

她脸红了半天说："我还没有决定呢……爹要我先进普通文科再说……我本来是要想学……"她不敢说下去。

词语在线

本领：技能；能力。

"你要学什么坏**本领**，值得这么胆怯！"

她的脸更红了，同时也大笑起来，在水面上听到女孩子的笑声，真有说不出的滋味，维杉对着她看，心里又好像高兴起来。

"不能宣布么？"他又逗着追问。

"我想，我想学美术——画……我知道学画不该到美国去的，并且……你还得有天才，不过……"

名师点评

维杉对芝的情感已经难以抑制了，但因为心中的界限，他不敢表露自己的心意。他有些后悔在冲动之下表达出自己的情感，感到有些尴尬。

"你用不着学美术的，更不必学画。"维杉禁不住这样说笑。

"为什么？"她眼睛睁得很大。

"因为，"维杉这回觉得有点不好意思了，他低声说，"因为你的本身便是美术，你此刻便是一张画。"他不好意思极了，为什么人不能够对着太年轻的女孩子说这种恭维的话？你一说出口，便要感着你自己的蠢，你一定要后悔的。她此刻的眼睛看着维杉，叫他又感着窘到极点了。她的嘴角微微地斜上去，不是笑，好像是鄙薄他这种的恭维她。——没法子，话已经说出来了，你还能收回去？！窘，谁叫他自己找事！

两个孩子已经将船拢来，到他们一处，高兴地嚷着要赛船。小孙立在船上，高高的细长身子穿着白色的衣裳在荷叶丛前边格外明显。他两只手叉在脑后，眼睛看着天，嘴里吹唱一些调子。他又伸只手到叶丛里摘下一朵荷花。

"接，快接！"他轻轻掷到芝的面前，"怎么了，大清早里睡着了？"

她只是看着小孙笑。

"怎样，你要在那一边，快拣定了，我们便要赛船了。"维杉很老实地问芝，她没有回答。她哥哥替她决定了，说，"别换了，就这样吧。"

赛船开始了，荷叶太密，有时两个船几乎碰上，在这种时候芝便笑得高兴极了，维杉摇船是老手，可是北海的水有地方很浅，有时不容易发展，可是他不愿意再在孩子们面前丢丑，他决定要胜过他们，所以他很加小心和力量。芝看到后面船渐渐要赶上时她便催他赶快，他也愈努力了。

太阳积渐热起来，维杉们的船已经比沉的远了很多，他们承认输了，预备回去，芝说杉叔一定乏了，该让她摇回去，他答应了她。

他将船板取开躺在船底，仰着看天。芝将她的伞借他遮着太阳，自己把荷叶包在头上摇船。维杉躺着看云，看荷花梗，看水，看岸上的亭子，把一只手丢在水里让柔润的水浪洗着。

他让芝慢慢地摇他回去，有时候他张开眼看她，有时候他简直闭上眼睛，他不知道他是快活还是苦痛。

少朗的孩子是老实人，浑厚得很却不笨，听说在学校里功课是极好的。走出北海时，他跟维杉一排走路和他说了好些话。他说他愿意在大学里毕业了才出去进研究院的。他说，可是他爹想后年送妹妹出去进大学；那样子他要是同走，大学里还差一年，很可惜；如果不走，妹妹又不肯白白地等他一年。当然他说小孙比他先一年完，正好可以和妹妹同走。不过他们三个老是在一起惯了，如果他们两人走了，他一个人留在国内一定要感着闷极了，他说，"炒鸡子"这事简直是"糟糕一麻丝"。

他又讲小孙怎样的聪明，运动也好，撑杆跳的式样"简直是太好"，还有游水他也好。"不用说，他简直什么都干！"他又说小孙本来在足球队里的，可是这次和天津比赛时，他不肯练。"你猜为什么？"他向维杉，"都是因为学校盖个喷水池，他整天守着石工看他们刻鱼！"

"他预备也学雕刻么？他爹我认得，从前也学过雕刻的。"维杉问他。

"那我不知道，小孙的文学好，他写了许多很好的诗，——爹爹也说很好的。"沉加上这一句证明小孙的诗的好是可靠的。"不过，他乱得很，稿子不是撕了便是丢了的。"他又说他怎样有时替他捡起抄了寄给《校刊》。总而言之沉是小孙的"英雄崇拜者"。

沉说到他的妹妹，他说他妹妹很聪明，她不像寻常的女孩

词语在线

可靠：①可以信赖依靠。②真实可信。

那么"讨厌",这里他脸红了,他说,"别扭得讨厌,杉叔知道吧?"他又说他班上有两个女学生,对于这个他表示非常的不高兴。

维杉听到这一大篇谈话,知道简单点讲,他维杉自己,和他们中间至少有一道沟——并不是什么了不得的间隔——只是一个年龄的深沟,桥是搭得过去的,不过深沟仍然是深沟,你搭多少条桥,沟是仍然不会消灭的。他问沅几岁,沅说"整整的快十九了",他妹妹虽然是十七,"其实只满十六年"。维杉不知为什么又感着一阵不舒服,他回头看小孙和芝并肩走着,高兴地说笑。"十六,十七。"维杉嘴里哼哼着。究竟说三十四不算什么老,可是那就已经是十七的一倍了。谁又愿意比人家岁数大出一倍,老实说!

维杉到家时并不想吃饭,只是连抽了几根烟。

过了一星期,维杉到少朗家里来。门房里陈升走出来说:"老爷到对过张家借打电话去,过会子才能回来。家里电话坏了两天,电话局还不派人来修理。"陈升是个打电话专家,有多少曲折的传话,经过他的嘴,就能一字不漏地溜进电话筒。那也是一种艺术。他的方法听着很简单,运用起来的<u>玄妙</u>你就想不到。那一次维杉走到少朗家里不听到陈升在过厅里向着电话:"喂,喂,呸,我说,我说呀!"维杉向陈升一笑,他真不能替陈升想象到没有电话时的烦闷。

"好,陈升,我自己到书房里等他,不用你了。"维杉一个人踱过那静悄悄的西院,金鱼缸,莲花,石榴,他爱这院子,还有隔墙的枣树,海棠。<u>他掀开竹帘走进书房。迎着他眼的是</u>

词语在线

玄妙:玄奥奇妙。

名师点评

书房的布置清新淡雅,这也表现出了书房主人少朗的性格特征。

57

一排丰满的书架，壁上挂的朱拓的黄批，和屋子当中的一大盆白玉兰，幽香充满了整间屋子。维杉很羡慕少朗的生活。夏天里，你走进一个搭着天篷的一个清凉大院子，静雅的三间又大又宽的北屋，屋里满是琳琅的书籍，几件难得的古董，再加上两三盆珍罕的好花，你就不能不艳羡那主人的清福！

维杉走到套间小书斋里，想写两封信，他忽然看到芝一个人伏在书桌上。他奇怪极了，轻轻地走上前去。

"怎么了？不舒服么，还是睡着了？"

"吓我一跳！我以为是哥哥回来了……"芝不好意思极了。维杉看到她哭红了的眼睛。

维杉起先不敢问，心里感得不过意，后来他伸一只手轻抚着她的头说："好孩子，怎么了？"

她的眼泪更扑簌簌地掉到裙子上，她拈了一块——真是不到四寸见方——淡黄的手绢拼命地擦眼睛。维杉想，她叫你想到方成熟的桃或是杏，绯红的，饱饱的一颗天真，听人想摘下来赏玩，却不敢真真的拿来吃，维杉不觉得没了主意。他逗她说：

"准是嬷打了！"

她拿手绢蒙着脸偷偷地笑了。

"怎么又笑了？准是你打了嬷了！"

这回她伏在桌上索性嗤嗤地笑起来。维杉糊涂了。他想把她的小肩膀搂住，吻她的粉嫩的脖颈，但他又不敢。他站着发了一会儿呆。他看到椅子上放着她的小纸伞，他走过去坐下开着小伞说玩。

她仰起身来，又擦了半天眼睛，才红着脸过来拿她的伞，他不给。

"刚从那里回来，芝？"他问她。

"车站。"

"谁走了？"

"一个同学，她是我最好的朋友，可是她……她明年不回来了！"她好像仍是很伤心。

他看着她没有说话。

"杉叔，您可以不可以给她写两封介绍信，她就快到美国去了。"

"到美国哪一个城？"

"反正要先到纽约的。"

"她也同你这么大么？"

"还大两岁多。……杉叔您一定得替我写，她真是好，她是我最好的朋友了。……杉叔，您不是有许多朋友吗，你一定得写。"

"好，我一定写。"

"爹说杉叔有许多……许多女朋友。"

"你爹这样说了么？"维杉不知为什么很生气。他问了芝她朋友的名字，他说他明天替她写那介绍信。他拿出烟来很不高兴的抽。这回芝拿到她的伞却又不走。她坐下在他脚边一张小凳上。

"杉叔，我要走了的时候您也替我介绍几个人。"

他看着芝倒翻上来的眼睛，他笑了，但是他又接着叹了一口气。

词语在线

提醒：从旁指点，促使注意。

荒唐：①(思想、言行）错误到使人觉得奇怪的程度。②（行为）放荡，没有节制。

他说："还早着呢，等你真要走的时候，你再提醒我一声。"

"可是，杉叔，我不是说女朋友，我的意思是：也许杉叔认得几个真正的美术家或是文学家。"她又拿着手绢玩了一会儿低着头说："篁哥，孙家的篁哥，他亦要去的，真的，杉叔，他很有点天才。可是他想不定学什么。他爹爹说他岁数太小，不让他到巴黎学雕刻，要他先到哈佛学文学，所以我们也许可以一同走……我亦劝哥哥同去，他可舍不得这里的大学。"这里她话愈说得快了，她差不多喘不过气来，"我们自然不单到美国，我们以后一定转到欧洲，法国，意大利，对了，篁哥连做梦都是做到意大利去，还有英国……"

维杉心里说："对了，出去，出去，将来，将来，年轻！荒唐的年轻！他们只想出去飞！飞！叫你怎不觉得自己落伍，老，无聊，无聊！"他说不出的难过，说老，他还没有老，但是年轻？！他看着烟卷没有话说，芝看着他不说话也不敢再开口。

"好，明年去时再提醒我一声，不，还是后年吧？……那时我也许已经不在这里了。"

"杉叔，到那里去？"

"没有一定的方向，也许过几年到法国来看你……那时也许你已经嫁了……"

芝急了，她说："没有的话，早着呢！"

维杉忽然做了一件很古怪的事，他俯下身去吻了芝的头发。

他又伸过手拉着芝的小手。

少朗推帘子进来，他们两人站起来，赶快走到外间来。芝手里还拿着那把纸伞。少朗起先没有说话，过一会儿，他皱了一皱他那有文章的眉头问说："你什么时候来的？"

"刚来。"维杉这样从容的回答他，心里却觉着非常之窘。

"别忘了介绍信，杉叔。"芝叮咛了一句又走了。

"什么介绍信？"少朗问。

"她要我替她同学写几封介绍信。"

"你还在和碧谛通信么？还有雷茵娜？"少朗仍是皱着眉头。

"很少……"维杉又觉得窘到极点了。

星期三那天下午到天津的晚车里，旭窗遇到维杉在头等房间里靠着抽烟，问他到那里去，维杉说回南。旭窗叫脚行将自己的皮包也放在这间房子里说：

"大暑天，怎么倒不在北京？"

"我在北京，"维杉说，"感得！感得窘极了。"他看一看他拿出来拭汗的手绢，"窘极了！"

"窘极了？"旭窗此时看到卖报的过来，他问他要《大公报》看，便也没有再问下去维杉为什么在北京感着"窘极了"。

名师点评

结尾再度点明主题，使文章结构更加严谨。

香山六月

（原载 1931 年 9 月《新月》第 3 卷第 9 期）

九十九度中

词语在线

凝结：由气体变成液体或由液体变成固体。

三个人肩上各挑着黄色，有"美丰楼"字号大圆篓的，用着六个满是泥泞凝结的布鞋，走完一条被太阳晒得滚烫的马路之后，转弯进了一个胡同里去。

"劳驾，借光——三十四号甲在那一头？"在酸梅汤的摊子前面，让过一辆正在飞奔的家车——钢丝轮子亮得晃眼的——又向蹲在墙角影子底下的老头儿，问清了张宅方向后，这三个流汗的挑夫便又努力的往前走。那六只泥泞布履的脚，无条件的，继续着他们机械式的展动。

在那轻快的一瞥中，坐在洋车上的卢二爷看到黄篓上饭庄的字号，完全明白里面装的是丰盛的筵席，自然的，他估计到他自己午饭的问题。家里饭乏味，菜蔬缺乏个性，太太的脸难看，你简直就不能对她提到那厨子问题。这几天天太热，太热，并且今天已经二十二，什么事她都能够牵扯到薪水问题上，孩子们再一吵，谁能够在家里吃中饭！

"美丰楼饭庄"，黄篓上黑字写得很笨大，方才第三个挑夫挑得特别吃劲，摇摇摆摆的使那黄篓左右的晃……

美丰楼的菜不能算坏，义永居的汤面实在也不错……于是义永居的汤面？还是市场万花斋的点心？东城或西城？找谁同去聊天？逸九新从南边来的住在那里？或许老孟知道，何不到和记理发馆借个电话？卢二爷估计着，犹豫着，随着洋车的起落。他又好像已经决定了在和记借电话，听到伙计们的招呼，

"……二爷您好早？……用电话，这边您哪！……"

伸出手臂，他睨一眼金表上所指示的时间，细小的两针分停在两个钟点上，但是分明的都在挣扎着到达十二点上边。在这时间中，车夫感觉到主人在车上翻动不安，便更抓稳了车把，弯下一点背，勇猛的狂跑。二爷心里仍然疑问着面或点心；东城或西城；车已赶过前面的几辆。一个女人骑着自行车，由他左侧冲过去，快镜似的一瞥鲜艳的颜色，脚与腿，腰与背，侧脸、眼和头发，全映进老卢的眼里，那又是谁说过的……老卢就是爱看女人！女人谁又不爱？难道你在街上真闭上眼不瞧那过路的漂亮的！

"到市场，快点。"老卢吩咐他车夫奔驰的终点，于是主人和车夫戴着两顶价格极不相同的草帽，便同在一个太阳底下，向东安市场奔去。

很多好看的碟子和鲜果点心，全都在大厨房院里，从黄色层篓中检点出来。立着监视的有饭庄的"二掌柜"和张宅的"大师傅"；两人都因为胖的缘故，手里都有把大蒲扇。大师傅举着扇，扑一下进来凑热闹的大黄狗。

"这东西最讨嫌不过！"这句话大师傅一半拿来骂狗，一半也是来权作和掌柜的寒暄。

"可不是？他 × 的，这东西真可恶。"二掌柜好脾气的用粗话也骂起狗。

狗无聊的转过头到垃圾堆边闻嗅隔夜的肉骨。

奶妈抱着孙少爷进来，七少奶每月用六元现洋雇她，抱孙

词语在线

睨：斜着眼睛看。

寒暄：见面时谈天气冷暖之类的应酬话。

少爷到厨房，门房，大门口，街上一些地方喂奶连游玩的。今天的厨房又是这样的不同；饭庄的"头把刀"带着几个伙计在灶边手忙脚乱的炒菜切肉丝，奶妈觉得孙少爷是更不能不来看：果然看到了生人，看到狗，看到厨房桌上全是好看的干果，鲜果，糕饼，点心，孙少爷格外高兴，在奶妈怀里跳，手指着要吃。奶妈随手赶开了几只苍蝇，拣一块山楂糕放到孩子口里，一面和伙计们打招呼。

忽然看到陈升走到院子里找赵奶奶，奶妈对他挤了挤眼，含笑的问，"什么事值得这么忙？"同时她打开衣襟露出前胸喂孩子奶吃。

"外边挑担子的要酒钱。"陈升没有平时的温和，或许是太忙了的缘故。老太太这次做寿，比上个月四少奶小孙少爷的满月酒的确忙多了。

此刻那三个粗蠢的挑夫蹲在外院槐树荫下，用黝黑的毛巾擦他们的脑袋，等候着他们这满身淋汗的代价。一个探首到里院偷偷看院内华丽的景象。

里院和厨房所呈的纷乱固然完全不同，但是它们纷乱的主要原因则是同样的，为着六十九年前的今天。六十九年前的今天，江南一个富家里又添了一个绸缎金银裹托着的小生命。经过六十九个像今年这样流汗天气的夏天，又产生过另十一个同样需要绸缎金银的生命以后，那个生命乃被称为长寿而又有福气的妇人。这个妇人，今早由两个老妈扶着，坐在床前，拢一下斑白稀疏的鬓发，对着半碗火腿稀饭摇头：

"赵妈，我那里吃得下这许多？你把锅里的拿去给七少奶的
云乖乖吃罢……"

七十年的穿插，已经卷在历史的章页里，在今天的院里能
呈露出多少，谁也不敢说。事实是今天，将有很多打扮得极体
面的男女来庆祝，庆祝能够维持这样长久寿命的女人，并且为
这一庆祝，饭庄里已将许多生物的寿命裁削了，拿它们的肌肉
来补充这庆祝者的肠胃。

前两天这院子就为了这事改变了模样，簇新的喜棚支出瓦
檐丈余尺高。两旁红喜字玻璃方窗，由胡同的东头，和顺车厂
的院里是可以看得很清楚的。前晚上六点左右，小三和环子，
两个洋车夫的儿子，倒土筐的时候看到了，就告诉他们嬷，"张
家喜棚都搭好了，是那一个孙少爷娶新娘子？"他们嬷为这事，
还拿了鞋样到陈大嫂家说个话儿，正看到她在包饺子，笑嘻嘻
的得意得很，说老太太做整寿，——多好福气——她当家的跟
了张老太爷多少年。昨天张家三少奶还叫她进去，说到日子要
她去帮个忙儿。

喜棚底下圆桌面就有七八张，方凳更是成叠的堆在一边；
几个夫役持着鸡毛帚，忙了半早上才排好五桌。小孩子又多，
什么孙少爷，侄孙少爷，姑太太们带来的那几位都够淘气的。
李贵这边排好几张，那边少爷们又扯走了排火车玩。天热得厉害，
苍蝇是免不了多，点心干果都不敢先往桌子上摆。冰化得也快，
篓子底下冰水化了满地！汽水瓶子挤满了厢房的廊上，五少奶
看见了只嚷不行，全要冰起来。

全要冰起来！真是的，今天的食品全摆起来够像个菜市，四个冰箱也腾不出一点空隙。这新买来的冰又放在那里好？李贵手里捧着两个绿瓦盆，私下里咕噜着为这筵席所发生的难题。

赵妈走到外院传话，听到陈升很不高兴的在问三个挑夫要多少酒钱。

"瞅着给罢。"一个说。

"怪热天多赏点吧。"又一个抿了抿干燥的口唇，想到方才胡同口的酸梅汤摊子，嘴里觉着渴。

就是这嘴里渴得难受，杨三把卢二爷拉到东安市场西门口，心想方才在那个"喜什么堂"门首，明明看到王康坐在洋车脚蹬上睡午觉。王康上月底欠了杨三十四吊钱，到现在仍不肯还；只顾着躲他。今天债主遇到赊债的赌鬼，心头起了各种的计算——杨三到饿的时候，脾气常常要比平时坏一点。天本来就太热，太阳简直是冒火，谁又受得了！方才二爷坐在车上，尽管用劲踩铃，金鱼胡同走道的学生们又多，你撞我闯的，挤得真可以的。杨三擦了汗一手抓住车把，拉了空车转回头去找王康要账。

"要不着八吊要六吊；再要不着，要他的 × 几个混蛋嘴巴！"杨三脖干儿上太阳烫得像火烧。"四吊多钱我买点羊肉，吃一顿好的。葱花烙饼也不坏——谁又说大热天不能喝酒？喝点又怕什么——睡得更香。卢二爷到市场吃饭，进去少不了好几个钟头……"

喜燕堂门口挂着彩，几个乐队里人穿着红色制服，坐在门口喝茶——他们把大铜鼓撂在一旁，铜喇叭夹在两膝中间。杨三知道这又是那一家办喜事。反正一礼拜短不了有两天好日子，就在这喜燕堂，那一个礼拜没有一辆花马车，里面搀出花溜溜的新娘？今天的花车还停在一旁……

"王康，可不是他！"杨三看到王康在小挑子的担里买香瓜吃。

"有钱的娶媳妇，和咱们没有钱的娶媳妇，还不是一样？花多少钱娶了她，她也短不了要这个那个的——这年头！好媳妇，好！你瞧怎么着？更惹不起！管你要钱，气你喝酒！再有了孩子，又得顾他们吃，顾他们穿。……"

王康说话就是要"逗个乐儿"，人家不敢说的话他敢说。一群车夫听到他的话，各各高兴的凑点尾声。李荣手里捧着大饼，用着他最现成的粗话引着那几个年轻的笑。李荣从前是拉过家车的——可惜东家回南，把事情就搁下来了——他认得字，会看报，他会用新名词来发议论，"文明结婚可不同了，这年头是最讲'自由''平等'的了。"底下再引用了小报上捡来离婚的新闻打哈哈。

打哈哈：开玩笑。

杨三没有娶过媳妇，他想娶，可是"老家儿"早过去了，没有给他定下亲，外面瞎姅的他没敢要。前两天，棚铺的掌柜娘要同他做媒；提起了一个姑娘说是什么都不错，这几天不知道怎么又没有讯儿了。今天洋车夫们说笑的话，杨三听了感着不痛快。看看王康的脸在太阳里笑得皱成一团，更使他气起来。

王康仍然笑着说话，没有看到杨三，手里咬剩的半个香瓜

里面，黄黄的一把瓜子像不整齐的牙齿向着上面。

"老康！这些日子都到那里去了？我这儿还等着钱吃饭呢！"杨三乘着一股劲发作。

听到声，王康怔了向后看，"呵，这打那儿说得呢？"他开始赖账了，"你要吃饭，你打你×的自己腰包里掏！要不然，你出个份子,进去那里边,"他手指着喜燕堂,"吃个现成的席去。"王康的嘴说得滑了，禁不住这样嘲笑着杨三。

周围的人也都跟着笑起来。

本来准备着对付赖账的巴掌，立刻打到王康的老脸上了。必须的扭打，由蓝布幕的小摊边开始，一直扩张到停洋车的地方。来往汽车的喇叭，像被打的狗，呜呜叫号。好几辆正在街心奔驰的洋车都停住了，流汗车夫连喊着"靠里！"，"瞧车！"脾气暴的人顺口就是："他×的，这大热天，单挑这么个地方！！"

名师点评

炎热的天气本来就让杨三心浮气躁，而王康的调笑与众人的嬉笑让杨三的怒气一下子涌了上来，最终没有按捺住自己。

巡警离开了岗位；小孩子们围上来；喝茶的军乐队人员全站起来看；女人们吓得直喊，"了不得，前面出事了罢！"

杨三提高嗓子直嚷着问王康："十四吊钱，是你——是你拿走了不是？——"

呼喊的声浪由扭打的两人出发，膨胀，膨胀到周围各种人的口里，"你听我说……""把他们拉开……""这样挡着路……瞧腿要紧。"嘈杂声中还有人叉着手远远的喊，"打得好呀，好拳头！"

喜燕堂正厅里挂着金喜字红幛，几对喜联，新娘正在服从号令，连连的深深的鞠躬。外边的喧吵使周围客人的头同时向外面转，似乎打听外面喧吵的原故。新娘本来就是一阵阵的心跳，此刻更加失掉了均衡；一下子撞上，一下子沉下，手里抱着的鲜花随着只是打颤，雷响深入她耳朵里，心房里……

"新郎新妇——三鞠躬"——"……三鞠躬。"阿淑在迷惘里弯腰伸直，伸直弯腰。昨晚上她哭，她妈也哭，将一串经验上得来的教训，拿出来赠给她——什么对老人要忍耐点，对小的要和气，什么事都要让着点——好像生活就是靠容忍和让步支持着！

她焦心的不是在公婆妯娌间的委曲求全。这几年对婚姻问题谁都讨论得热闹，她就不懂那些讨论的道理遇到实际时怎么就不发生关系。她这结婚的实际，并没有因为她多留心报纸上，新文学上，所讨论的婚姻问题，家庭问题，恋爱问题，而减少了问题。

"二十五岁了……"有人问到阿淑的岁数时，她妈总是发愁似的轻轻的回答那问她的人，底下说不清是叹息是啰嗦。

在这旧式家庭里，阿淑算是已经超出应该结婚的年龄很多了，她知道。父母那急着要她出嫁的神情使她太难堪！他们天天在替她选择合适的人家——其实那里是选择！反对她尽管反对，那只是消极的无奈何的抵抗，她自己明知道是绝对没有机会选择，乃至于接触比较合适，理想的人物！她挣扎了三年，三年的时间不算短，在她父亲看去那更是不可信的长久……

"余家又托人来提了，你和阿淑商量商量吧，我这身体眼见得更糟，这潮湿天……"父亲的话常常说得很响，故意要她听得见。有时在饭桌上脾气或许更坏一点，"这六十块钱，养活这一大家子！养儿养女都不够，还要捐什么钱？干脆饿死！"有时更直接更难堪，"这又是谁的新裙子？阿淑，你别学时髦穿了到处走，那是找不着婆婆家的——外面瞎认识什么朋友我可不答应，我们不是那种人家！"……懦弱的母亲低着头装作缝衣，"妈劝你将就点……爹身体近来不好，……女儿不能在娘家一辈子的……这家子不算坏；差事不错，前妻没有孩子不能算填房。……"

理论和实际似乎永不发生关系；理论说婚姻得怎样又怎样，今天阿淑都记不得那许多了。实际呢，只要她点一次头，让一个陌生的，异姓的，异性的人坐在她家里，乃至于她旁边，吃一顿饭的手续，父亲和母亲这两三年——竟许已是五六年——来的难题便突然的，在他们是觉得极文明的解决了。

对于阿淑这订婚的疑惧，常使她父亲像小孩子似的自己安慰自己：阿淑这门亲事真是运气呀，说时总希望阿淑听见这话。不知怎样，阿淑听到这话总很可怜父亲，想装出高兴样子来安慰他。母亲更可怜；自从阿淑订婚以来总似乎对她抱歉，常常哑着嗓子说，"看我做母亲的这份心上面。"

看做母亲的那份心上面！那天她初次见到那陌生的，异姓的，异性的人，那个庸俗的典型触碎她那一点脆弱的爱美的希望，她怔住了。能去寻死，为婚姻失望而自杀么？可以大胆告诉父亲，这婚约是不可能的么？能逃脱这家庭的苛刑（在爱的招牌下的）去冒险，去漂落么？

她没有勇气说什么，她哭了一会儿，妈也流了眼泪，后来

名师点评

只是坐在旁边吃了一次饭便决定了自己后半生的命运，这样看来，阿淑的婚姻就如同一个闹剧，不知会怎样收场。

你 若安好，便是晴天

妈说：阿淑你这几天瘦了，别哭了，做娘的也只是一份心。……现在一鞠躬，一鞠躬的和幸福作别，事情已经太晚得没有办法了。

词语在线

作别：分别；分手。

吵闹的声浪愈加明显了一阵，伴娘为新娘戴上戒指，又由赞礼的喊了一些命令。

迷离中阿淑开始幻想那外面吵闹的原因：洋车夫打电车吧，汽车轧伤了人吧，学生又请愿，当局派军警弹压吧……但是阿淑想怎么我还如是焦急，现在我该像死人一样了，生活的波澜该沾不上我了，像已经临刑的人。但临刑也好，被迫结婚也好，在电影里到了这种无可奈何的时候总有一个意料不到快慰人心的解脱，不合法，特赦，恋人骑着马星夜奔波的赶到……但谁是她的恋人？除却九哥！学政治法律，讲究新思想的九哥，得着他表妹阿淑结婚的消息不知怎样？他恨由父母把持的婚姻……但谁知道他关心么？他们多少年不来往了，虽然在山东住的时候，他们曾经邻居，两小无猜的整天在一起玩。幻想是不中用的，九哥先就不在北平，两年前他回来过一次，她记得自己遇到九哥扶着一位漂亮的女同学在书店前边，她躲过了九哥的视线，惭愧自己一身不入时的装束，她不愿和九哥的女友作个太难堪的比较。

名师点评

虽然是未来的女主人，却这样被人评头论足，嫁入旧式家庭的阿淑完全没得到应有的尊重。

感到手酸，心酸，浑身打颤，阿淑由一堆人拥簇着退到里面房间休息。女客们在新娘前后彼此寒暄照呼，彼此注意大家的装扮。有几个很不客气在批评新娘子，显然认为不满意，"新娘太单薄点。"一个摺着十几层下颏的胖女人，摇着扇和旁边的六姨说话。阿淑觉到她自己真可以立刻碰得粉碎；这位胖太太像一座石臼，六姨则像一根铁杵横在前面，阿淑两手发抖拉紧了一块丝巾，听老妈在她头上不住的搬弄那几朵绒花。

随着花露水香味进屋子来的，是锡娇和丽丽，六姨的两个女儿，她们的装扮已经招了许多羡慕的眼光。有电影明星细眉的锡娇抓把瓜子嗑着，猩红的嘴唇里露出雪白的牙齿。她暗中扯了她妹妹的衣襟，嘴向一个客人的侧面努了一下。丽丽立刻笑红了脸，拿出一条丝绸手绢蒙住嘴挤出人堆到廊上走，望着已经在席上的男客们。有几个已经提起筷子高高兴兴的在选择肥美的鸡肉，一面讲着笑话，顿时都为着丽丽的笑声，转过脸来，镇住眼看她。丽丽扭一下腰，又摆了一下，软的长衫轻轻展开，露出裹着肉色丝袜的长腿走过另一边去。

年轻的茶房穿着蓝布大褂，肩搭一块桌布，由厨房里出来，两只手拿四碟冷荤，几乎撞住丽丽。闻到花露香味，茶房忘却顾忌的斜过眼看。昨晚他上菜的时候，那唱戏的云娟坐在首席曾对着他笑，两只水钻耳坠，打秋千似的左右晃。他最忘不了云娟旁座的张四爷，抓住她如玉的手臂劝干杯的情形。笑眯眯的带醉的眼，云娟明明是向着正端着大碗三鲜汤的他笑。他记得放平了大碗，心还怦怦的跳。直到晚上他睡不着，躺在院里板凳上乘凉，随口唱几声"孤王……酒醉……"才算松动了些。今天又是这么一个笑嘻嘻的小姐，穿着这一身软，茶房垂下头去拿酒壶，心底似乎恨谁似的一股气。

"逸九，你喝一杯什么？"老卢做东这样问。

"我来一杯香桃冰其凌吧。"

"你去拣几块好点心，老孟。"主人又照呼那一个客。午饭问题算是如此解决了。为着天热，又为着起得太晚，老卢看到点心铺前面挂的"卫生冰其凌，咖啡，牛乳，各样点心"这种动人的招牌，便决意里面去消磨时光。约到逸九和老孟来聊天，老卢显然很满意了。

三个人之中，逸九最年少，最摩登。在中学时代就是一口英文，屋子里挂着不是"梨娜"就是"琴妮"的相片，从电影杂志里细心剪下来的，圆一张，方一张，满壁动人的娇憨。——他到上海去了两年，跳舞更是出色了，老卢端详着自己的脚，打算找逸九带他到舞场拜老师去。

"那个电影好，今天下午？"老孟抓一张报纸看。

邻座上两个情人模样男女，对面坐着呆看。男人有很温和的脸，抽着烟没有说话；女人的侧相则颇有动人的轮廓，睫毛长长的活动着，脸上时时浮微笑。她的青纱长衫罩着丰润的肩臂，带着神秘性的淡雅。两人无声的吃着冰其凌，似乎对于一切完全的满足。

老卢、老孟谈着时局，老卢既是机关人员，时常免不了说"我又有个特别的消息，这样看来里面还有原因"，于是一层一层的做更详细原因的检讨，深深的浸入政治波澜里面。

逸九看着女人的睫毛，和浮起的笑涡，想到好几年前同在假山后捉迷藏的琼两条发辫，一个垂前，一个垂后的跳跃。琼已经死了这六七年，谁也没有再提起过她。今天这青长衫的女人，单单叫他心底涌起琼的影子。不可思议的，淡淡的，记忆描着活泼的琼。<u>在极旧式的家庭里淘气，二舅舅提根旱烟管，厉声的出来停止她各种的嬉戏。但是琼只是敛住声音低低的笑。雨下大了，院中满是水，又是琼胆子大，把裤腿卷过膝盖，赤着脚，到水里装摸鱼。</u>不小心她滑倒了，还是逸九去把她抱回来。和琼差不多大小的还有阿淑，住在对门，他们时常在一起玩，逸九忽然记起瘦小，不爱说话的阿淑来。

名师点评

作者只用了短短几行字便勾勒出了胆大活泼的琼的形象。

"听说阿淑快要结婚了，嬷嬷咐到表姨家问候，不知道阿淑要嫁给谁！"他似乎怕到表姨家。这几年的生疏叫他为难，前年他们遇见一次，装束不入时的阿淑倒有种特有的美，一种灵性……奇怪今天这青长衫女人为什么叫他想起这许多……

"逸九，你有相当的聪明，手腕，你又能巴结女人，你也应该来试试，我介绍你见老王。"

倦了的逸九忽然感到苦闷。

老卢手弹着桌边表示不高兴，"老孟你少说话，逸九这位大少爷说不定他倒愿意去演电影呢！"种种都有一点落伍的老卢嘲笑着翩翩年少的朋友出气。

青纱长衫的女人和她朋友吃完了，站了起来。男的手托着女人的臂腕，无声的绕过他们三人的茶桌前面，走出门去。老卢逸九注意到女人有秀美的腿，稳健的步履。两人的<u>融洽</u>，在不言不语中流露出来。

"他们是甜心！"

"愿有情人都成眷属。"

"这女人算好看不？"

词语在线

融洽：彼此感情好，没有抵触。

三个人同时说出口来，各各有所感触。

午后的热，由窗口外嘘进来，三个朋友吃下许多清凉的东西，更不知做什么好。

"电影院去，咱们去研究一回什么'人生问题'、'社会问题'吧？"逸九望着桌上的空杯，催促着卢孟两个走。心里仍然浮着琼的影子。活泼，美丽，健硕，全幻灭在死的幕后，时间一样的向前，计量着死的实在。像今天这样，偶尔的回忆就算是证实琼有过活泼生命的唯一的证据。

东安市场门口洋车像放大的蚂蚁一串，头尾衔接着放在街沿。杨三已不在他寻常停车的地方。

"区里去，好，区里去！咱们到区里说个理去！"就是这样，王康和杨三到底结束了殴打，被两个巡警弹压下来。

刘太太打着油纸伞，端正的坐在洋车上，想金裁缝太不小心了，今天这件绸衫下摆仍然不合式，领也太小，紧得透不了气，想不到今天这样热，早知道还不如穿纱的去。裁缝赶做的活总要出点毛病。实甫现在脾气更坏一点，老嫌女人们麻烦。每次有个应酬你总要听他说一顿的。今天张老太太做整寿，又不比得寻常的场面可以随便……

对面来了浅蓝色衣服的年轻小姐，极时髦的装束使刘太太睁大了眼注意了。

"刘太太哪里去？"蓝衣小姐笑了笑，远远照呼她一声过去了。

"人家的衣服怎么如此合适！"刘太太不耐烦的举着花纸伞。

"呜呜——呜呜……"汽车的喇叭响得震耳。

"打住。"洋车夫紧抓车把，缩住车身前冲的趋势。汽车过去后，由刘太太车旁走出一个巡警，带着两个粗人；一根白绳由一个的臂膀系到另一个的臂上。巡警执着绳端，板着脸走着。一个粗人显然是车夫；手里仍然拉着空车，嘴里咕噜着。很讲究的车身，各件白铜都擦得放亮，后面铜牌上还镌着"卢"字。这又是谁家的车夫，闹出事让巡警拉走。刘太太恨恨的一想车夫们爱肇事的可恶，反正他们到区里去少不了东家设法把他们保出来的……

"靠里！……靠里！"威风的刘家车夫是不耐烦挤在别人车后的——老爷是局长，太太此刻出去阔绰的应酬，洋车又是新打的，两盏灯发出银光……哗啦一下，靠手板在另一个车边擦一下，车已猛冲到前头走了。刘太太的花油纸伞在日光中摇摇荡荡的迎着风，顺着街心溜向北去。

胡同口酸梅汤摊边刚走开了三个挑夫。酸凉的一杯水，短时间的给他们愉快，六只泥泞的脚仍然踏着滚烫的马路行去。卖酸梅汤的老头儿手里正在数着几十枚铜元，一把小鸡毛帚夹在腋下。他翻上两颗黯淡的眼珠，看看过去的花纸伞，知道这是到张家去的客人。他想今天为着张家做寿，客人多，他们的车夫少不得来摊上喝点凉的解渴。

"两吊……三吊！……"他动着他的手指，把一叠铜元收入摊边美人牌香烟的纸盒中。不知道今天这冰够不够使用的，他翻开几重荷叶，和一块灰黑色的破布，仍然用着他黯淡的眼珠向磁缸里的冰块端详了一回。"天不热，喝的人少，天热了，冰又化的太快！"事情那一件不有为难的地方，他叹口气再翻眼看看过去的汽车。汽车轧起一阵尘土，笼罩着老人和他的摊子。

寒暑表中的水银从早起上升，一直过了九十五度的黑线上。喜棚底下比较荫凉的一片地面上曾聚过各种各色的人物。丁大夫也是其间一个。

丁大夫是张老太太内侄孙，德国学医刚回来不久，麻俐，漂亮，现在社会上已经有了声望，和他同席的都借着他是医生的缘故，拿北平市卫生问题作谈料，什么鼠疫，伤寒，预防针，微菌，全在吞咽八宝东瓜，瓦块鱼，锅贴鸡，炒虾仁中间讨论过。

"贵医院有预防针，是好极了。我们过几天要来麻烦请教了。"说话的以为如果微菌听到他有打预防针的决心也皆气馁了。

"欢迎，欢迎。"

厨房送上一碗凉菜。丁大夫踌躇之后决意放弃吃这碗菜的权利。

小孩们都抢了盘子边上放的小冰块，含到嘴里嚼着玩，其他客喜欢这凉菜的也就不少。天实在热！

张家几位少奶奶装扮得非常得体，头上都戴朵红花，表示对旧礼教习尚仍然相当遵守的。在院子中盘旋着做主人，各人心里都明白自己今天的体面。好几个星期前就顾虑到的今天，她们所理想到的今天各种成功，已然顺序的，在眼前实现。虽然为着这重要的今天，各人都轮流着觉得受过委屈；生过气；用过心思和手腕；将就过许多不如意的细节。

老太太颤巍巍的喘息着，继续维持着她的寿命。杂乱模糊的回忆在脑子里浮沉。兰兰七岁的那年……送阿旭到上海医病的那年真热……生四宝的时候在湖南，于是生育，病痛，兵乱，行旅，婚娶，没秩序，没规则的纷纷在她记忆下掀动。

"我给老太太拜寿，您给回一声吧。"

这又是谁的声音？这样大！老太太睁开打瞌睡的眼，看一个浓装的妇人对她鞠躬问好。刘太太——谁又是刘太太，真是的！今天客人太多了，好吃劲。老太太扶着赵妈站起来还礼。

"别客气了，外边坐吧。"二少奶伴着客人出去。

谁又是这刘太太……谁？……老太太模模糊糊的又做了一些猜想，望着门槛又堕入各种的回忆里去。

坐在门槛上的小丫头寿儿，看着院里石榴花出神。她巴不得酒席可以快点开完，底下人们可以吃中饭，她肚子里实在饿得慌。一早眼睛所接触的，大部分几乎全是可口的食品，但是她仍然是饿着肚子，坐在老太太门槛上等候呼唤。她极想再到前院去看看热闹，但为想到上次被打的情形，只得竭力忍耐。在饥饿中，有一桩事她仍然没有忘掉她的高兴。因为老太太的整寿大少奶给她一副银镯。虽然为着捶背而酸乏的手臂懒得转动，她仍不时得意的举起手来，晃摇着她的新镯子。

午后的太阳斜到东廊上，后院子暂时沉睡在静寂中。幼兰在书房里和羽哭着闹脾气：

"你们都欺侮我，上次赛球我就没有去看。为什么要去？反正人家也不欢迎我……慧石不肯说，可是我知道你和阿玲在一

词语在线

颤巍巍: 状态词。抖动摇晃的样子（多形容老年人或病人的动作或声音）。

起玩得上劲。"抽噎的声音微微的由廊上传来。

"等会客人进来了不好看……别哭……你听我说……绝对没有这么回事的。咱们是亲表谁不知道我们亲热，你是我的兰，永远，永远的是我的最爱最爱的……你信我……"

"你在哄骗我，我……我永远不会再信你的了……"

"你又来伤我，你心狠……"

声音微下去，也和缓了许多，又过了一些时候，才有轻轻的笑语声。小丫头仍然饿得慌，仍然坐在门槛上没有敢动，她听着小外孙小姐和羽孙少爷老是吵嘴，哭哭啼啼的，她不懂。一会儿他们又笑着一块儿由书房里出来。

"我到婆婆的里间洗个脸去。寿儿你给我打盆洗脸水去。"

寿儿得着打水的命令，高兴的站起来。什么事也比坐着等老太太睡醒都好一点。

"别忘了晚饭等我一桌吃。"羽说完大步的跑出去。

后院顿时又堕入闷热的静寂里；柳条的影子画上粉墙，太阳的红比得胭脂。墙外天蓝蓝的没有一片云，像戏台上的布景。隐隐的送来小贩子叫卖的声音——卖西瓜的——卖凉席的，一阵一阵。

挑夫提起力气喊他孩子找他媳妇。天快要黑下来，媳妇还坐在门口纳鞋底子；赶着那一点天亮再做完一只。一个月她当家的要穿两双鞋子，有时还不够的，方才当家的回家来说不舒服，睡倒在炕上，这半天也没有醒。她放下鞋底又走到旁边一家小铺里买点生姜，说几句话儿。

断续着呻吟，挑夫开始感到苦痛，不该喝那冰凉东西，早知道这大暑天，还不如喝口热茶！迷惘中他看到茶碗，茶缸，施茶的人家，碗，碟，果子杂乱的绕着大圆篓，他又像看到张家的厨房。不到一刻他肚子里像纠麻绳一般痛，发狂的呕吐使他沉入严重的症候里和死搏斗。

挑夫媳妇失了主意，喊孩子出去到药铺求点药。那边时常夏天是施暑药的……

邻居积渐知道挑夫家里出了事，看过报纸的说许是霍乱，要扎针的。张秃子认得大街东头的西医丁家，他披上小褂子，一边扣钮子，一边跑。丁大夫的门牌挂得高高的，新漆大门两扇紧闭着。张秃子找着电铃死命的按，又在门缝里张望了好一会，才有人出来开门。什么事？什么事？门房望着张秃子生气，张秃子看着丁宅的门房说："劳驾——劳驾您大爷，我们'街坊'李挑子中了暑，托我来行点药。"

"丁大夫和管药房先生'出份子去了'，没有在家，这里也没有旁人，这事谁又懂得？！"门房吞吞吐吐的说，"还是到对门益年堂打听吧。"大门已经差不多关上。

张秃子又跑了，跑到益年堂，听说一个孩子拿了暑药已经走了。张秃子是信教的，他相信外国医院的药，他又跑到那边医院里打听，等了半天，说那里不是施医院，并且也不收传染病的，医生晚上也都回家了，助手没有得上边话不能随便走开的。

"最好快报告区里，找卫生局里人。"管事的告诉他，但是卫生局又在那里……

到张秃子失望的走回自己院子里的时候，天已经黑了下来，他听见李大嫂的哭声知道事情不行了。院里磁罐子里还放出浓馥的药味。他顿一下脚，"咱们这命苦的……"他已在想如何去捐募点钱，收殓他朋友的尸体。叫孝子挨家去磕头吧！

天黑了下来张宅跨院里更热闹，水月灯底下围着许多孩子，看变戏法的由袍子里捧出一大缸金鱼，一盘子"王母蟠桃"献到老太太面前。孩子们都凑上去验看金鱼的真假。老太太高兴的笑。

大爷熟识捧场过的名伶自动的要送戏，正院前边搭着戏台，当差的忙着拦阻外面杂人往里挤，大爷由上海回来，两年中还是第一次——这次碍着母亲整寿的面，不回来太难为情。这几天行市不稳定，工人们听说很活动，本来就不放心走开，并且厂里的老赵靠不住，大爷最记挂。……

看到院里戏台上正开场，又看廊上的灯，听听厢房各处传来的牌声，风扇声，开汽水声，大爷知道一切都圆满的进行，明天事完了，他就可以走了。

"伯伯上那儿去？"游廊对面走出一个清秀的女孩。他怔住了看，慧石——是他兄弟的女儿，已经长的这么大了？大爷伤感着，看他早死兄弟的遗腹女儿；她长得实在像她爸爸……实在像她爸爸……

"慧石，是你。长得这样俊，伯伯快认不得了。"
慧石只是笑，笑。大伯伯还会说笑话，她觉得太料想不到的事，同时她像被电击一样，触到伯伯眼里蕴住的怜爱，一股心酸抓紧了她的嗓子。

她仍只是笑。

"那一年毕业？"大伯伯问她。

"明年。"

"毕业了到伯伯那里住。"

"好极了。"

"喜欢上海不？"

她摇摇头："没有北平好。可是可以找事做，倒不错。"

伯伯走了，容易伤感的慧石急忙回到卧室里，想哭一哭，但眼睛湿了几回，也就不哭了，又在镜子前抹点粉笑了笑；她喜欢伯伯对她那和蔼态度。嬷常常不满伯伯和伯母的，常说些不高兴他们的话，但她自己却总觉得喜欢这伯伯的。

也许是骨肉关系有种不可思议的亲热，也许是因为感激知己的心，慧石知道她更喜欢她这伯伯了。

厢房里电话铃响。

"丁宅呀，找丁大夫说话？等一等。"

丁大夫的手气不坏，刚和了一牌三翻，他得意的站起来接电话：

"知道了知道了，回头就去叫他派车到张宅来接。什么？要毒药的？发痧中暑？叫他到平济医院去吧。"

"天实在热，今天，中暑的一定不少。"五少奶坐在牌桌上抽烟，等丁大夫打电话回来。"下午两点的时候刚刚九十九度啦！"她睁大了眼表示严重。

"往年没有这么热，九十九度的天气在北平真可以的了。"

一个客人摇了摇檀香扇，急着想做庄。

咯突一声，丁大夫将电话挂上。

报馆到这时候积渐热闹，排字工人流着汗在机器房里忙着。编辑坐到公事桌上面批阅新闻。本市新闻由各区里送到；编辑略略将张宅名伶送戏一节细细看了看，想到方才同太太在市场吃冰其凌后，遇到街上的打架，又看看那段厮打的新闻，于是很自然的写着"西四牌楼三条胡同卢宅车夫杨三……"新闻里将杨三王康的争斗形容得非常动听，一直到了"扭区成讼"。

再看一些零碎，他不禁注意到挑夫霍乱数小时毙命一节，感到白天去吃冰其凌是件不聪明的事。

杨三在热臭的拘留所里发愁，想着主人应该得到他出事的消息了，怎么还没有设法来保他出去。王康则在又一间房子里喂臭虫，苟且的睡觉。

词语在线

苟且：①只顾眼前，得过且过。②敷衍了事；马虎。③不正当的（多指男女关系）。

"……那儿呀，我卢宅呀，请王先生说话，……"老卢为着洋车被扣已经打了好几个电话了，在晚饭桌他听着太太的埋怨……那杨三真是太没有样子，准是又喝醉了，三天两回闹事。

"……对啦，找王先生有要紧事，出去饭局了么，回头请他给卢宅来个电话！别忘了！"

这大热晚上难道闷在家里听太太埋怨？杨三又没有回来，还得出去雇车，老卢不耐烦的躺在床上看报，一手抓起一把蒲扇赶开蚊子。

（原载 1934 年 5 月《学文》第 1 卷第 1 期）

钟绿

——模影零篇之一

钟绿是我记忆中第一个美人，因为一个人一生见不到几个真正负得起"美人"这称呼的人物，所以我对于钟绿的记忆，珍惜得如同他人私藏一张名画轻易不拿出来给人看，我也就轻易的不和人家讲她。除非是一时什么高兴，使我大胆的，兴奋的，告诉一个朋友，我如何如何的曾经一次看到真正的美人。

很小的时候，我常听到一些红颜薄命的故事，老早就印下这种迷信，好像美人一生总是不幸的居多。尤其是，最初叫我知道世界上有所谓美人的，就是一个身世极凄凉的年轻女子。她是我家亲戚，家中传统的认为一个最美的人。虽然她已死了多少年，说起她来，大家总还带着那种感慨，也只有一个美人死后能使人起的那样感慨。说起她，大家总都有一些美感的回忆。我婶娘常记起的是祖母出殡那天，这人穿着白衫来送殡。因为她是个已出嫁过的女子——其实她那时已孀居一年多——照我们乡例头上缠着白头帕。试想一个静好如花的脸；一个长长窈窕的身材；一身的缟素；借着人家伤痛的丧礼来哭她自己可怜的身世，怎不是一幅绝妙的图画！婶娘说起她时，却还不忘掉提到她的走路如何的有种特有丰神，哭时又如何的辛酸凄恼动人。我那时因为过小，记不起送殡那天看到这素服美人，事后为此不知惘怅了多少回。每当大家晚上闲坐谈到这个人儿时，总害了我竭尽想象力，冥想到了夜深。

词语在线

红颜：指貌美的女子。

孀居：守寡。

也许就是因为关于她，我实在记得不太清楚，仅凭一家人时时的传说，所以这个亲戚美人之为美人，也从未曾在我心里疑问过。过了一些年月积渐的，我没有小时候那般理想，事事都有一把怀疑，沙似的挟在里面。我总爱说：绝代佳人，世界上不时总应该有一两个，但是我自己亲眼却没有看见过就是了。这句话直到我遇见了钟绿之后才算是取消了，换了一句：我觉得侥幸，一生中没有疑问的，真正的，见到一个美人。

我到美国××城进入××大学时，钟绿已是离开那学校的旧学生，不过在校里不到一个月的工夫，我就常听到钟绿这名字，老学生中间，每一提到校里旧事，总要联想到她。无疑的，她是他们中间最受崇拜的人物。

关于钟绿的体面和她的为人及家世也有不少的神话。一个同学告诉我，钟绿家里本来如何的富有，又一个告诉我，她的父亲是个如何漂亮的军官，哪一年死去的，又一个告诉我，钟绿多么好看，癖气又如何和人家不同。因为着恋爱，又有人告诉我，她和母亲决绝了，自己独立出来艰苦的半工半读，多处流落，却总是那么傲慢，潇洒，穿着得那么漂亮动人。有人还说钟绿母亲是希腊人，是个音乐家，也长得非常好看，她常住在法国及意大利，所以钟绿能通好几国文字。常常的，更有人和我讲了为着恋爱钟绿，几乎到发狂的许多青年的故事。总而言之，关于钟绿的事我实在听得多了，不过当时我听着也只觉到平常，并不十分起劲。

故事中仅有两桩，我却记得非常清楚，深入印象，此后不自觉的便对于钟绿动了好奇心。

一桩是同系中最标致的女同学讲的。她说那一年学校开个盛大艺术的古装表演,中间要用八个女子穿中世纪的尼姑服装。她是监制部的总管,每件衣裳由图案部发出,全由她找人比着裁剪,做好后再找人试服。有一晚,她出去晚饭回来稍迟,到了制衣室门口遇见一个制衣部里人告诉她说,许多衣裳做好正找人试着时,可巧电灯坏了,大家正在到处找来洋蜡点上。

"你猜,"她接着说,"我推开门时看到了什么?……"

她喘口气望着大家笑(听故事的人那时已不止我一个),"你想,你想一间屋子里,高高低低的点了好几根蜡烛;各处射着影子;当中一张桌子上面,默默的,立着那么一个钟绿——美到令人不敢相信的中世纪小尼姑,眼微微的垂下,手中高高擎起一支点亮的长烛。简单静穆,直像一张宗教画!拉着门环,我半天肃然,说不出一句话来!……等到人家笑声震醒我时,我已经记下这个一辈子忘不了的印象。"

自从听了这桩故事之后,钟绿在我心里便也开始有了根据,每次再听到钟绿的名字时,我脑子里便浮起一张图画。隐隐约约的,看到那个古代年轻的尼姑,微微的垂下眼,擎着一支蜡走过。

第二次,我又得到一个对钟绿依稀想象的背影,是由于一个男同学讲的故事里来的。这个脸色清癯的同学平常不爱说话,是个忧郁深思的少年——听说那个为着恋爱钟绿,到南非洲去旅行不再回来的同学,就是他的同房好朋友。有一天雨下得很大,

名师点评

这个故事让读者对钟绿有了初步的印象,也让"我"开始对钟绿感到好奇。

我与他同在画室里工作，天已经积渐的黑下来，虽然还不到点灯的时候，我收拾好东西坐在窗下看雨，忽然听他说：

"真奇怪，一到下大雨，我总想起钟绿！"

"为什么呢？"我倒有点好奇了。

"因为前年有一次大雨，"他也走到窗边，坐下来望着窗外，"比今天这雨大多了，"他自言自语的眯上眼睛，"天黑得可怕，许多人全在楼上画图，只有我和勃森站在楼下前门口檐底下抽烟。街上一个人没有，树让雨打得像囚犯一样，低头摇曳。一种说不出来的黯淡和寂寞笼罩着整条没生意的街道，和街道旁边不作声的一切。忽然间，我听到背后门环响，门开了，一个人由我身边溜过，一直下了台阶冲入大雨中走去！……那是钟绿……

词语在线

摇曳：摇荡的意思。

"我认得是钟绿的背影，那样修长灵活，虽然她用了一块折成三角形的绸巾蒙在她头上，一只手在项下抓紧了那绸巾的前面两角，像个俄国村姑的打扮。勃森说钟绿疯了，我也忍不住要喊她回来。'钟绿你回来听我说！'我好像求她那样恳切，听到声，她居然在雨里回过头来望一望，看见是我，她仰着脸微微一笑，露出一排贝壳似的牙齿。"朋友说时回过头对我笑了一笑，"你真想不到世上真有她那样美的人！不管谁说什么，我总忘不了在那狂风暴雨中，她那样扭头一笑，村姑似的包着三角的头巾。"

这张图画有力的穿过我的意识，我望望雨又望望黑影笼罩的画室。朋友叉着手，正经的又说：

"我就喜欢钟绿的一种纯朴，城市中的味道在她身上总那样的不沾着她本身的天真！那一天，我那个热情的同房朋友在楼窗上也发见了钟绿在雨里，像顽皮的村姑，没有笼头的野马。便用劲地喊。钟绿听到，俯下身子一闪，立刻就跑了。上边劈空的雷电，四围纷披的狂雨，一会儿工夫她就消失在那水雾迷漫之中了……"

"奇怪，"他叹口气，"我总老记着这桩事，钟绿在大风雨里似乎是个很自然的回忆。"

听完这段插话之后，我的想象中就又加了另一个隐约的钟绿。

半年过去了，这半年中这个清癯的朋友和我比较的熟起，时常轻声的来告诉我关于钟绿的消息。她是辗转的由一个城到另一个城，经验不断的跟在她脚边，命运好似总不和她合作，许多事情都不畅意。

秋天的时候，有一天我这朋友拿来两封钟绿的来信给我看，笔迹秀劲流丽如见其人，我留下信细读觉到它很有意思。那时我正初次的在夏假中觅工，几次在市城熙熙攘攘中长了见识，更是非常的同情于这流浪的钟绿。

"所谓工业艺术你可曾领教过？"她信里发出嘲笑，"你从前常常苦心教我调颜色，一根一根的描出理想的线条，做什么，你知道么？……我想你决不能猜到，两三星期以来，我和十几个本来都很活泼的女孩子，低下头都画一些什么，……你闭上眼睛，喘口气，让我告诉你！墙上的花纸，好朋友！你能相信么？一束一束的粉红玫瑰花由我们手中散下来，整朵的，半朵的——

名师点评

这里连用两个比喻将钟绿当时的形象与状态活灵活现地展现在读者眼前。

词语在线

熙熙攘攘：状态词。形容人来人往，非常热闹。

89

因为有人开了工厂专为制造这种的美丽！……

"不，不，为什么我要脸红？现在我们都是工业战争的斗士——（多美丽的战争！）——并且你知道，各人有各人不同的报酬；花纸厂的主人今年新买了两个别墅，我们前夜把晚饭减掉一点居然去听音乐了，多谢那一束一束的玫瑰花！……"

幽默的，幽默的她写下去那样顽皮的牢骚。又一封：

"……好了，这已经是秋天，谢谢上帝，人工的玫瑰也会凋零的。这回任何一束什么花，我也决意不再制造了，那种逼迫人家眼睛堕落的差事，需要我所没有的勇敢，我失败了，不知道在心里那一部分也受点伤。……"

"我到乡村里来了，这回是散布智识给村里朴实的人！××书局派我来揽买卖，儿童的书，常识大全，我简直带着'智识'的样本到处走。那可爱的老太太却问我要最新烹调的书，工作到很瘦的妇人要城市生活的小说看——你知道那种穿着晚服去恋爱的城市浪漫！

"我夜里总找回一些矛盾的微笑回到屋里。乡间的老太太都是理想的母亲，我生平没有吃过更多的牛奶，睡过更软的鸭绒被，原来手里提着锄头的农人，都是这样母亲的温柔给培养出来的力量。我爱他们那简单的情绪和生活，好像日和夜，太阳和影子，农作和食睡，夫和妇，儿子和母亲，幸福和辛苦都那样均匀的放在天秤的两头。……

"这农村的妩媚，溪流树荫全合了我的意，你更想不到我屋后有个什么宝贝？一口井，老老实实旧式的一口井，早晚我都出去替老太太打水。真的，这样才是日子，虽然山边没有橄榄树，晚上也缺个织布的机杼，不然什么都回到我理想的已往里去。……

"到井边去汲水，你懂得那滋味么？天呀，我的衣裙让风吹得松散，红叶在我头上飞旋，这是秋天，不瞎说，我到井边去汲水去。回来时你看着我把水罐子扛在肩上回来！"

看完信，我心里又来了一个古典的钟绿。

约略是三月的时候，我的朋友手里拿本书，到我桌边来，问我看过没有这本新出版的书，我由抽屉中也扯出一本叫他看。他笑了，说："你知道这个作者就是钟绿的情人。"

我高兴的谢了他，我说："现在我可明白了。"我又翻出书中几行给他看，他看了一遍，放下书默诵了一回，说：

"他是对的，他是对的，这个人实在很可爱，他们完全是了解的。"

此后又过了半个月光景。天气渐渐的暖起来，我晚上在屋子里读书老是开着窗子，窗前一片草地隔着对面远处城市的灯光车马。有个晚上，很夜深了，我觉到冷，刚刚把窗子关上，却听到窗外有人叫我，接着有人拿沙子抛到玻璃上，我赶忙起来一看，原来草地上立着那个清癯的朋友，旁边有个女人立在我的门前。朋友说："你能不能下来？我们有桩事托你。"

我蹑着脚下楼，开了门，在黑影模糊中听我朋友说："钟绿，钟绿她来到这里，太晚没有地方住，我想，或许你可以设法，明天一早她就要走的。"他又低声向我说："我知道你一定愿

词语在线

机杼:①指织布机。②比喻诗文等的构思和布局。

意认识她。"

这事真是来得非常突兀，听到了那么熟识，却又是那么神话的钟绿，竟然意外的立在我的前边，长长的身影穿着外衣，低低的半顶帽遮着半个脸，我什么也看不清楚。我伸手和她握手，告诉她在校里常听到她。她笑声的答应我说，希望她能使我失望，远不如朋友所讲的她那么坏！

在黑夜里，她的声音像银铃样，轻轻的摇着，末后宽柔温好，带点回响。她又转身谢谢那个朋友，率真的揽住他的肩膀说："百罗，你永远是那么可爱的一个人。"

她随了我上楼梯，我只觉到奇怪，钟绿在我心里始终成个古典人物，她的实际的存在，在此时反觉得荒诞不可信。

我那时是个穷学生，和一个同学住一间不甚大的屋子，却巧同房的那几天回家去了。我还记得那晚上我在她的书桌上，开了她那盏非常得意的浅黄色灯，还用了我们两人共用的大红浴衣铺在旁边大椅上，预备看书时盖在腿上当毯子享用。屋子的布置本来极简单，我们曾用尽苦心把它收拾得还有几分趣味：衣橱的前面我们用一大幅黑色带金线的旧锦挂上，上面悬着一副我朋友自己刻的金色美人面具，旁边靠墙放两架睡榻，罩着深黄的床幔和一些靠垫，两榻中间隔着一个薄纱的东方式屏风。窗前一边一张书桌，各人有个书架，几件心爱的小古董。

整个房子的神气还很舒适，颜色也带点古黯神秘。钟绿进房来，我就请她坐在我们唯一的大椅上，她把帽子外衣脱下，顺手把大红浴衣披在身上说："你真能让我独占这房里唯一的宝座么？"不知为什么，听到这话，我怔了一下，望着灯下披着红衣的她。看她里面本来穿的是一件古铜色衣裳，腰里一根很宽的铜质软带，一边臂上似乎套着两三副细窄的铜镯子，在那红色浴衣掩映之中，黑色古锦之前，我只觉到她由脸至踵有种神韵，一种名贵的气息和光彩，超出寻常所谓美貌或是漂亮。她的脸稍带椭圆，眉目清扬，有点儿南欧曼达娜的味道；眼睛深棕色，虽然甚大，却微微有点羞涩。她的头脸，耳，鼻，口唇，前颈，和两只手，则都像雕刻过的型体！每一面和他一面交接得那样清晰，又那样柔和，让光和影在上面活动着。

我的小铜壶里本来烧着茶，我便倒出一杯递给她。这回她却怔了说："真想不到这个时候有人给我茶喝，我这回真的走到中国了。"我笑了说："百罗告诉我你喜欢到井里汲水，好，我就喜欢泡茶。各人有她传统的嗜好，不容易改掉。"就在那时候，她的两唇微微地一抿，像朵花，由含苞到开放，毫无痕迹的轻轻地张开，露出那一排贝壳般的牙齿，我默默的在心里说，我这一生总可以说真正的见过一个称得起美人的人物了。

"你知道，"我说，"学校里谁都喜欢说起你，你在我心里简直是个神话人物，不，简直是古典人物；今天你的来，到现在我还信不过这事的实在性！"

她说："一生里事大半都好像做梦。这两年来我飘泊惯了，今天和明天的事多半是不相连续的多；本来现实本身就是一串不一定能连续而连续起来的荒诞。什么事我现在都能相信得过，尤其是此刻，夜这么晚，我把一个从来未曾遇见过的人的清静打断了，坐在她屋里，喝她几千里以外寄来的茶！"

那天晚上，她在我屋子里不止喝了我的茶，并且在我的书架上搬弄了我的书，我的许多相片，问了我一大堆的话，告诉我她有个朋友喜欢中国的诗——我知道那就是那青年作家，她的情人，可是我没有问她。她就在我屋子中间小小灯光下愉悦的活动着，一会儿立在洛阳造像的墨拓前默了一会儿，停一刻又走过，用手指柔和的，顺着那金色面具的轮廓上抹下来。她搬弄我桌上的唐陶俑和图章，又问我壁上铜剑的铭文，纯净的型和线似乎都在引逗起她的兴趣。

词语在线
引逗:①逗引;
招惹。②引诱。

一会儿她倦了，无意中伸个懒腰，慢慢的将身上束的腰带解下，自然的，活泼的，一件一件将自己的衣服脱下，裸露出她雕刻般惊人的美丽。我看着她耐性的，细致的，解除臂上的铜镯，又用刷子刷她细柔的头发，来回的走到浴室里洗面又走出来。她的美当然不用讲；我惊讶的是她所有举动，全个体态，都是那样的有个性，奏着韵律。我心里想，自然舞蹈班中几个美体的同学，和我们人体画班中最得意的两个模特，明蒂和苏茜，她们的美实不过是些浅显的柔和及妍丽而已，同钟绿真无法比较得来。我忍不住兴趣的直爽的笑对钟绿说：

"钟绿，你长得实在太美了，你自己知道么？"

她忽然转过来看了我一眼，好癖气的笑起来，坐到我床上。

"你知道你是个很古怪的小孩子么？"她伸手抚着我的头后（那时我的头是低着的，似乎倒有点难为情起来），"老实告诉你，当百罗告诉我，要我住在一个中国姑娘的房里时，我倒有些害怕，

我想着不知道我们要谈多少孔夫子的道德，东方的政治；我怕我的行为或许会触犯你们谨严的佛教！"

这次她说完，却是我打个呵欠，倒在床上好笑。

她说："你在这里原来住得还真自由。"

我问她是否指此刻我们不拘束的行动讲。我说那是因为时候到底是半夜了，房东太太在梦里也无从干涉，其实她才是个极宗教的信徒，我平日极平常的画稿，拿回家来还曾经惊着她的脑膜。男朋友从来只到过我楼梯底下的，就是在楼梯边上坐着，到了十点半，她也一定咳嗽的。

钟绿笑了说："你的意思是从孔子庙到自由神中间并无多大距离！"

那时我睡在床上和她谈天，屋子里仅点一盏小灯。她披上睡衣，替我开了窗，才回到床上抱着膝盖抽烟。在一小闪光底下，她努着嘴喷出一个一个的烟圈，我又疑心我在做梦。

"我顶希望有一天到中国来，"她说，手里搬弄床前我的夹旗袍，"我还没有看见东方的莲花是什么样子。我顶爱坐帆船了。"

我说，"我和你约好了，过几年你来；挑个山茶花开遍了时节，我给你披上一件长袍，我一定请你坐我家乡里最浪漫的帆船。"

"如果是个月夜，我还可以替你调一曲希腊的弦琴。"

"也许那时候你更愿意死在你的爱人怀里！如果你的他也来。"我逗着她。

她忽然很正经的却用最柔的声音说："我希望有这福气。"

就这样说笑着，我朦胧的睡去。

到天亮时，我觉得有人推我，睁开了眼，看她已经穿好了衣裳，收拾好皮包，俯身下来和我作别。

"再见了，好朋友，"她又淘气的抚着我的头，"就算你做个梦吧。现在你信不信昨夜答应过人，要请她坐帆船？"

可不就像一个梦，我眯着两只眼，问她为何起得这样早。她告诉我要赶六点十分的车到乡下去，约略一个月后，或许回来，那时一定再来看我。她不让我起来送她，无论如何要我答应她，等她一走就闭上眼睛再睡。

于是在天色微明中，我只再看到她歪着一顶帽子，倚在屏风旁边妩媚的一笑，便转身走出去了。一个月以后，她没有回来，其实等到一年半后，我离开××时，她也没有再来过这城的。我同她的友谊就仅仅限于那么一个短短的半夜，所以那天晚上是我第一次，也就是最末次，会见了钟绿。<u>但是即使以后我没有再得到关于她的种种悲惨的消息，我也知道我是永远不能忘记她的。</u>

那个晚上以后，我又得到她的消息时，约在半年以后，百罗告诉我说：

"钟绿快要出嫁了。她这种的恋爱真能使人相信人生还有点意义，世界上还有一点美存在。这一对情人上礼拜堂去，的确要算上帝的荣耀。"

我好笑忧郁的百罗说这种话，却是私下里也的确相信钟绿披上长纱会是一个奇美的新娘。那时候我也很知道一点新郎的样子和癖气，并且由作品里我更知道他留给钟绿的情绪，私下里很觉到钟绿幸福。至于他们的结婚，我倒觉得很平凡；我不时叹息，想象到钟绿无条件的跟着自然律走，慢慢的变成一个妻子，一个母亲，渐渐离开她现在的样子，变老，变丑，到了我们从她脸上身上再也看不出她现在的雕刻般的奇迹来。

谁知道事情偏不这样的经过，钟绿的爱人竟在结婚的前一星期骤然死去，听说钟绿那时正在试着嫁衣，得着电话没有把衣服换下，便到医院里晕死过去在她未婚新郎的胸口上。当我得到这个消息时，钟绿已经到法国去了两个月，她的情人也已葬在他们本来要结婚的礼拜堂后面。

因为这消息，我却时常想起钟绿试装中世纪尼姑的故事，有点儿迷信预兆。美人自古薄命的话，更好像有了凭据。但是最使我感恸的消息，还在此后两年多。

当我回国以后，正在家乡游历的时候，我接到百罗一封长信，我真是没有想到钟绿竟死在一条帆船上。关于这一点，我始终疑心这个场面，多少有点钟绿自己的安排，并不见得完全出自偶然。那天晚上对着一江清流，茫茫暮霭，我独立在岸边山坡上，看无数小帆船顺风飘过，忍不住泪下如雨，坐下哭了。

我耳朵里似乎还听见钟绿银铃似的温好的声音说："就算你做个梦，现在你信不信昨夜答应过请人坐帆船？"

（原载 1935 年 6 月 16 日《大公报·文艺副刊》第 156 期，题名为"模影零篇（一）钟绿"）

■ 词语在线

预兆:①预先显露出来的迹象。②（某种迹象）预示将要发生某种事情。

吉公

——模影零篇之二

二三十年前，每一个老派头旧家族的第宅里面，竟可以是一个缩小的社会；内中居住着种种色色的人物，他们综错的性格，兴趣，和琐碎的活动，或属于固定的，或属于偶然的，常可以在同一个时间里，展演如一部戏剧。

我的老家，如同当时其他许多家庭一样，在现在看来，尽可以称它做一个旧家族。那个并不甚大的宅子里面，也自成一种社会缩影。我同许多小孩子既在那中间长大，也就习惯于里面各种综错的安排和纠纷，像一条小鱼在海滩边生长，习惯于种种螺壳，蛤蜊，大鱼，小鱼，司空见惯，毫不以那种戏剧性的集聚为希奇。但是事隔多年，有时反复回味起来，当时的情景反倒十分迫近。眼里颜色浓淡鲜晦，不但记忆浮沉驰骋，情感竟亦在不知不觉中重新伸缩，仿佛有所活动。

词语在线

司空见惯：指看惯了就不觉得奇怪。

不过那大部的戏剧此刻却并不在我念中，此刻吸引是我回想的仅是那大部中一小部，那综错的人物中一个人物。

他是我们的舅公，这事实是经"大人们"指点给我们一群小孩子知道的。于是我们都叫他做"吉公"，并不疑问到这事实的确实性。但是大人们却又在其他的时候里间接的，直接的，告诉我们，他并不是我们的舅公的许多话！凡属于故事的话，当然都更能深入孩子的记忆里，这舅公的来历，就永远的在我们心里留下痕迹。

你若安好，便是晴天

名师点评

吉公的来
历与众不同，
这为他增添了
一些神秘色彩。

"吉公"是外曾祖母抱来的孩子；这故事一来就有些曲折，给孩子们许多想象的机会。外曾祖母本来自己是有个孩子的，据大人们所讲，他是如何的聪明，如何的长得俊，可惜在他九岁的那年一个很热的夏天里，竟然"出了事"。故事是如此的：他和一个小朋友，玩着抬起一个旧式的大茶壶桶，嘴里唱着土白的山歌，由供着神位的后厅抬到前面正厅里去……（我们心里在这里立刻浮出一张鲜明的图画：两个小孩子，赤着膊；穿着挑花大红肚兜；抬着一个朱漆木桶；里面装着一个白锡镶铜的大茶壶：多少两的粗茶叶，泡得滚热的；——）但是悲剧也就发生在这幅图画后面，外曾祖父手里拿着一根旱烟管，由门后出来，无意中碰倒了一个孩子，事儿就坏了！那无可偿补的悲剧，就此永远嵌进那温文儒雅读书人的生命里去。

这个吉公用不着说是抱来替代那惨死去的聪明孩子的。但这是又过了十年，外曾祖母已经老了，祖母已将出阁时候的事。

名师点评

"光荣的
考试"指的是
科举考试。在
当时，科举考
试是旧式家族
的大事，能考
上是一种极大
的光荣。对学
习没有兴趣的
吉公自然令大
人们叹息。

讲故事的谁也没有提到吉公小时是如何长得聪明美丽的话。如果讲到吉公小时的情形，且必用一点叹息的口气说起这吉公如何的顽皮，如何的不爱念书，尤其是关于学问是如何的没有兴趣，长大起来，他也始终不能去参加他们认为光荣的考试。

就一种理论讲，我们自己既在那里读书学做对子，听到吉公不会这门事，在心理上对吉公发生了一点点轻视并不怎样不合理。但是事实上我们不止对他的感情总是那么柔和，时常且对他发生不少的惊讶和钦佩。

吉公住在一个跨院的旧楼上边。不止在现时回想起来，那地方是个浪漫的去处，就是在当时，我们也未尝不觉到那一曲小小的旧廊，上边斜着吱吱哑哑的那么一道危梯，是非常有趣味的。

我们的境界既被限制在一所四面有围墙的宅子里，那活泼的孩子心有时总不肯在单调的生活中磋磨过去，故必定竭力的，在那限制的范围以内寻觅新鲜。在一片小小的地面上，我们认为最多变化，最有意思的，到底是人：凡是有人住的，无论哪一个小角落里，似乎都藏着无数的奇异，我们对它便都感着极大兴味。所以挑水老李住的两间平房，远在茶园子的后门边，和退老的老陈妈所看守的厨房以外一排空房，在我们寻觅新鲜的活动中，或可以说长成的过程中，都是绝对必需的。吉公住的那小跨院的旧楼，则更不必说了。

在那楼上，我们所受的教育，所吸取的智识，许多确非负责我们教育的大人们所能想象得到的。随便说吧，最主要的就有自鸣钟的机轮的动作，世界地图，油画的外国军队军舰，和照相技术的种种，但是最要紧的还是吉公这个人，他的生平，他的样子，脾气，他自己对于这些新智识的兴趣。

吉公已是中年人了，但是对于种种新鲜事情的好奇，却还活像个孩子。在许多人跟前，他被认为是个不读书不上进的落魄者，所以在举动上，在人前时，他便习惯于惭愧，谦卑，退让，拘束的神情，唯独回到他自己的旧楼上，他才恢复过来他种种生成的性格，与孩子们和霭天真的接触。

在楼上他常快乐的发笑；有时为着玩弄小机器一类的东西，

他还会带着嘲笑似的，骂我们迟笨——在人前，这些便是绝不可能的事。用句现在极普通的语言讲，吉公是个有"科学的兴趣"的人，那个小小楼屋，便是他私人的实验室。但在当时，吉公只是一个不喜欢做对子读经书的落魄者，那小小角隅实是祖母用着布施式的仁慈和友爱的含忍，让出来给他消磨无用的日月的。

夏天里，约略在下午两点的时候。那大小几十口复杂的家庭里，各人都能将他一份事情打发开来，腾出一点时光睡午觉。小孩们有的也被他们母亲或看妈抓去横睡在又热又闷气的床头一角里去。在这个时候，火似的太阳总显得十分寂寞，无意义的罩着一个两个空院，一处两处洗晒的衣裳；刚开过饭的厨房，或无人用的水缸。在清静中，喜鹊大胆的飞到地面上，像人似的来回走路，寻觅零食，花猫黄狗全都蜷成一团，在门槛旁把头睡扁了似的不管事。

我喜欢这个时候，这种寂寞对于我有说不出的滋味。饭吃过，随便在哪个荫凉处呆着，用不着同伴，我就可以寻出许多消遣来。起初我常常一人走进吉公的小跨院里去，并不为的找吉公，只站在门洞里吹穿堂风，或看那棵大柚子树的树荫罩在我前面来回的摇晃。有一次我满以为周围只剩我一人的，忽然我发现廊下有个长长的人影，不觉一惊。顺着人影偷着看去，我才知道是吉公一个人在那里忙着一件东西。他看我走来便向我招手。

原来这时间也是吉公最宝贵的时候，不轻易拿来糟蹋在午睡上面。我同他的特殊的友谊便也建筑在这点点同情上。他告我他私自学会了照相，家里新买到一架照相机已交给他尝试。

夜里，我是看见过的，他点盏红灯，冲洗那种旧式玻璃底片，白日里他一张一张耐性的晒片子，这还是第一次让我遇到。那时他好脾气的指点给我一个人看，且请我帮忙，两次带我上楼取东西。平常孩子们太多他没有工夫讲解的道理，此刻慢吞吞的也都和我讲了一些。

吉公楼上的屋子是我们从来看不厌的，里面东西实在是不少，老式钟表就有好几个，都是亲戚们托他修理的，有的是解散开来卧在一个盘子里，等他一件一件再细心的凑在一起。桌上竟还放着一副千里镜，墙上满挂着许多很古怪翻印的油画，有的是些外国皇族，最多还是有枪炮的普法战争的图画，和一些火车轮船的影片以及大小地图。

"吉公，谁教你怎么修理钟的？"

吉公笑了笑，一点不骄傲，却显得更谦虚的样子，努一下嘴，叹口气说："谁也没有教过吉公什么！"

词语在线

谦虚：①虚心，不自满，肯接受批评。②说谦虚的话。

"这些机器也都是人造出来的，你知道！"他指着自鸣钟，"谁要喜欢这些东西尽可拆开来看看，把它弄明白了。"

"要是拆开了还不大明白呢？"我问他。

他更沉思的叹息了。

"你知道，吉公想大概外国有很多工厂教习所，教人做这种灵巧的机器，凭一个人的聪明一定不会做得这样好。"说话时吉公带着无限的怅惘。我却没有听懂什么工厂什么教习所的话。

吉公又说："我那天到城里去看一个洋货铺，里面有个修理钟表的柜台，你说也真奇怪，那个人在那里弄个钟，许多地方还没有吉公明白呢！"

在这个时候，我以为吉公尽可以骄傲了，但是吉公的脸上此刻看去却更惨淡，眼睛正望着壁上火轮船的油画看。

"这些钟表实在还不算有意思。"他说，"吉公想到上海去看一次火轮船，那种大机器转动起来够多有趣？"

"伟叔不是坐着那么一个上东洋去了么？"我说，"你等他回来问问他。"

吉公苦笑了。"傻孩子，伟叔是读书人，他是出洋留学的，坐到一个火轮船上，也不到机器房里去的，那里都是粗的工人火夫等管着。"

"那你呢，难道你就能跑到粗人火夫的机器房里去？"孩子们受了大人影响，怀疑到吉公的自尊心。

"吉公喜欢去学习，吉公不在乎那些个。"他笑了。看看我为他十分着急的样子，忙把话转变一点安慰我说："在外国，能干的人也有专管机器的，好比船上的船长吧，他就也得懂机器还懂地理。军官吧，他就懂炮车里机器，尽念古书不相干的，洋人比我们能干，就为他们的机器……"

这次吉公讲的话很多，我都听不懂，但是我怕他发现我太小不明白他的话，以后不再要我帮忙，故此一直勉强听下去，直到吉公记起廊下的相片，跳起来拉了我下楼。

又过了一些日子，吉公的照相颇博得一家人的称赞，尤其是女人们喜欢的了不得。天好的时候，六婶娘找了几位妯娌，请祖母和姑妈们去她院里照相。六婶娘梳着油光的头，眉目细细的，淡淡的画在她的白皙脸上，就同她自己画的兰花一样有几分勉强。她的院里有几棵梅花几竿竹，一个月门，还有一堆假山，大家都认为可以入画的景致。但照相前，各人对于陈设的准备，也和吉公对于照相机底片等等的部署一般繁重。婶娘指挥丫头玉珍，花匠老王，忙着摆茶几，安放细致的水烟袋及茶杯。前面还要排着讲究的盆花，然后两旁列着几张直背椅，各人按着辈分岁数各各坐成一个姿势，有时还拉着一两个孩子做衬托。

词语在线

陈设:①摆设。②摆设的东西。

在这种时候，吉公的头与手在他黑布与机器之间耐烦的周旋着。周旋到相当时间，他认为已到达较完满的程度，才把头伸出观望那被摄影的人众。每次他有个新颖的提议，照相的人们也就有说有笑的起劲。这样祖母便很骄傲起来，这是连孩子们都觉察得出的，虽然我们当时并未了解她的许多伤心。吉公呢，他的全副精神却在那照相技术上边，周围的空气人情并不在他注意中。等到照相完了，他才微微的感到一种完成的畅适，兴头的掮着照相机，带着一群孩子回去。

还有比这个严重的时候，如同年节或是老人们的生日，或宴客，吉公的照相职务便更为重要了。早上你到吉公屋里去，便看得到厚厚的红布黑布挂在窗上，里面点着小红灯，吉公驼着背在黑暗中来往的工作。他那种兴趣，勤劳和认真，现在回想起来，我相信如果他晚生了三十年，这个社会里必定会有他一个结实的地位的。照相不过是他当时一个不得已的科学上活动，他对于其他机器的爱好，却并不在照相以下。不过在实

名师点评

吉公是个善良、知恩图报的人。即使更喜欢研究机器，但为了能使一直照顾自己的人高兴，他便在照相上花费了更多的时间。

际上照相既有所贡献于接济他生活的人，他也只好安于这份工作了。

另一次我记得特别清楚，我那喜欢兵器，武艺的祖父，拿了许多所谓"洋枪"到吉公那里，请他给揩擦上油。两人坐在廊下谈天，小孩子们也围上去。吉公开一瓶橄榄油，扯点破布，来回的把玩那些我们认为颇神秘的洋枪，一边议论着洋船，洋炮，及其他洋人做的事。

吉公所懂得的均是具体知识，他把枪支在手里，开开这里，动动那里，演讲一般指手划脚讲到机器的巧妙，由枪到炮，由炮到船，由船到火车，一件一件。祖父感到惊讶了，这已经相信维新的老人听到吉公这许多话，相当的敬服起来，微笑凝神的在那里点头领教。大点的孩子也都闻所未闻的睁大了眼睛；我最深的印象便是那次是祖父对吉公非常愉悦的脸色。

祖父谈到航海，说起他年轻的时候，极想到外国去，听到某处招生学洋文，保送到外洋去，便设法想去投考。但是那时他已聘了祖母，丈人方面得到消息大大的不高兴，竟以要求退婚要挟他把那不高尚的志趣打消。吉公听了，黯淡的一笑，或者是想到了他自己年少时多少的梦，也曾被这同一个读书人给毁掉了。

他们讲到苏彝士运河，吉公便高兴的，同情的，把楼上地图拿下来，由地理讲到历史，甲午呀，庚子呀，我都是在那时第一次听到。我更记得平常不说话的吉公当日愤慨的议论，我为他不止一点的骄傲，虽然我不明白为什么他的结论总回到机器上。

但是一年后吉公离开我们家，却并不为着机器，而是出我们意料外的为着一个女人。

也许是因为吉公的照相相当的出了名，并且时常的出去照附近名胜风景，让一些人知道了，就常有人来请他去照相。为着对于技术的兴趣，他亦必定到人家去尽义务的为人照全家乐，或带着朝珠谱褂的单人留影。酬报则时常是些食品，果子。

有一次有人请他去，照相的却是一位未曾出阁的姑娘，这位姑娘因在择婿上稍稍经过点周折，故此她家里对于她的亲事常怀着悲观。与吉公认识的是她堂房哥哥，照相的事是否这位哥哥故意的设施，家里人后来议论得非常热烈，我们也始终不得明了。要紧的是，事实上吉公对于这姑娘一家甚有好感，为着这姑娘的相片也颇尽了些职务；我不记得他是否在相片上设色，至少那姑娘的口唇上是抹了一小点胭脂的。

这事传到祖母耳里，这位相信家教谨严的女人便不大乐意。起前，她觉得一个未出阁的女子，相片交给一个没有家室的男子手里印洗，是不名誉不正当的。并且这女子既不是和我们同一省份，便是属于"外江"人家的，事情尤其要谨慎。在这纠纷中，我才又得听到关于吉公的一段人生悲剧。多少年前他是曾经娶过妻室的，一位年轻美貌的妻子，并且也生过一个孩子，却在极短的时间内，母子两人全都死去。这事除却在吉公一人的心里，这两人的存在几乎不在任何地方留下一点凭据。

现在这照相的姑娘是吉公生命里的一个新转变，在他单调的日月里开出一条路来。不止在人情上吉公也和他人一样需要异性的关心和安慰，就是在事业的野心上，这姑娘的家人也给吉公以不少的鼓励，至少到上海去看火轮船的梦是有了相当的担保，本来悠长没有着落的日子，现在是骤然的点上希望。虽然在人前吉公仍是沉默，到了小院里他却开始愉快的散步；注意到柚子树又开了花；晚上有没有月亮；还买了几条金鱼养到缸里。在楼上他也哼哼一点调子，把风景照片镶成好看的框子，零整的拿出去托人代售。有时他还整理旧箱子；多少年他没有心绪翻检的破旧东西，现在有时也拿出来放在床上，椅背上，尽小孩子们好奇的问长问短，他也<u>满不在乎</u>了。

📝 **词语在线**

满不在乎：完全不放在心上。

忽然突兀的他把婚事决定了，也不得我祖母的同意，便把吉期选好，预备去入赘。祖母生气到默不做声，只退到女人家的眼泪里去，呜咽她对于这弟弟的一切失望。家里人看到舅爷很不体面的，到外省人家去入赘，带着一点箱笼什物，自然也有许多与祖母表同情的。但吉公则终于离开那所浪漫的楼屋，去另找他的生活了。

那布着柚子树荫的小跨院渐渐成为一个更寂寞的角隅，那道吱吱哑哑的木梯从此便没有人上下，除却小孩子们有时淘气，上到一半又赶忙下来。现在想来，我不能不称赞吉公当时那一点挣扎的活力，能不甘于一种平淡的现状。那小楼只能尘封吉公过去不幸的影子，却不能把他给活埋在里边。

吉公的行为既是离叛亲族，在旧家庭里许多人就不能容忍这种的不自尊。他婚后的行动，除了带着新娘来拜过祖母外，其他事情便不听到有人提起！似乎过了不久的时候，他也就到上海去，多少且与火轮船有关系。有一次我曾大胆的问过祖父，他似乎对于吉公是否在火轮船做事没有多大兴趣，完全忘掉他们一次很融洽的谈话。在祖母生前，吉公也还有来信，但到她死后，就完全的渺然消失，不通音问了。

两年前我南下，回到幼年居住的城里去，无意中遇到一位远亲，他告诉我吉公住在城中，境况非常富裕；子女四人，在各个学校里读书，对于科学都非常嗜好，尤其是内中一个，特别聪明，屡得学校奖金等等。于是我也老声老气的发出人事的感慨。如果吉公自己生早了三四十年，我说，我希望他这个儿子所生的时代与环境合适于他的聪明，能给他以发展的机会不再复演他老子的悲剧。并且在生命的道上，我祝他早遇到同情的鼓励，敏捷的达到他可能的成功。这得失且不仅是吉公个人的，而可以计算作我们这老朽的国家的。

至于我会见到那六十岁的吉公，听到他离开我们家以后一段奋斗的历史，这里实没有细讲的必要，因为那中年以后，不经过训练，自己琢磨出来的机器师，他的成就必定是有限的。纵使他有相当天赋的聪明，他亦不能与太不适当的环境搏斗。由于爱好机器，他到轮船上做事，到码头公司里任职，更进而独立的创办他的小规模丝织厂，这些全同他的照相一样，仅成个实际上能博取物质胜利的小事业，对于他精神上超物质的兴趣，已不能有所补助，有所启发。年老了，当时的聪明一天天消失，所余仅是一片和蔼的平庸和空虚。认真的说，他仍是个失败者。

如果迷信点的话，相信上天或许要偿补给吉公他一生的委曲，这下文的故事，就该应在他那个聪明孩子和我们这个时代上。但是我则仍然十分怀疑。

（原载 1935 年 8 月 11 日《大公报·文艺副刊》第 164 期，题名为"模影零篇二吉公"）

文珍
——模影零篇之三

家里在复杂情形下搬到另一个城市去，自己是多出来的一件行李。大约七岁，似乎已长大了，篁姊同家里商量接我到她处住半年，我便被送过去了。

起初一切都是那么模糊，重叠的一堆新印象乱在一处；老大的旧房子，不知有多少老老少少的人，楼，楼上幢幢的人影，嘈杂陌生的声音，假山，绕着假山的水池，很讲究的大盆子花，菜圃，大石井，红红绿绿小孩子，穿着很好看或粗糙的许多妇人，围着四方桌打牌的，在空屋里养蚕的，晒干菜的，生活全是那么混乱繁复和新奇。自己却总是孤单，怯生，寂寞。积渐的在纷乱的周遭中，居然挣扎出一点头绪，认到一个凝固的中心，在寂寞焦心或怯生时便设法寻求这中心，抓紧它，旋绕着它，要求一个孩子所迫切需要的保护，温暖，和慰安。

这凝固的中心便是一个约摸十七岁年龄的女孩子。她有个苗条身材，一根很黑的发辫，扎着大红绒绳；两只灵活真叫人

词语在线

粗糙:①(质料) 不精细;不光滑。②(工作等) 草率; 不细致。

喜欢黑晶似的眼珠；和一双白皙轻柔无所不会的手。她叫做文珍。人人都喊她文珍，不管是梳着油光头的妇人，扶着拐杖的老太太，刚会走路的"孙少"，老妈子或门房里人！

文珍随着喊她的声音转，一会儿在楼上牌桌前张罗，一会儿下楼穿过廊子不见了，又一会儿是那个孩子在后池钓鱼，喊她去寻钓竿，或是另一个迫她到园角攀摘隔墙的还不熟透的桑椹。一天之中这扎着红绒绳的发辫到处可以看到，跟着便是那灵活的眼珠。本能的，我知道我寻着我所需要的中心，和骆驼在沙漠中望见绿洲一样。清早上寂寞的踱出院子一边望着银红阳光射在藤萝叶上，一边却盼望着那扎着红绒绳的辫子快点出现。凑巧她过来了；花布衫熨得平平的，就有补的地方，也总是剪成如意或桃子等好玩的式样，雪白的袜子，青布的鞋，轻快的走着路，手里持着一些老太太早上需要的东西，开水，脸盆或是水烟袋，看着我，她就和蔼亲切的笑笑：

"怎么不去吃稀饭？"

难为情的，我低下头。

"好吧，我带你去。尽怕生不行的呀！"

感激的我跟着她走。到了正厅后面（两张八仙桌上已有许多人在吃早饭），她把东西放在一旁，携着我的手到了中间桌边，顺便的喊声："五少奶，起得真早！"等五少奶转过身来，便更柔声的说，"小客人还在怕生呢，一个人在外边吹着，也不进来吃稀饭！"于是把我放在五少奶旁边方凳上，她自去大锅里盛碗稀饭，从桌心碟子里挟出一把油炸花生，拣了一角有

作者以简洁精练的语言概括了文珍的行动，展现出她活泼的性格。

红心的盐鸭蛋放在我面前，笑了一笑走去几步，又回头来，到我耳朵边轻轻的说：

"好好的吃，吃完了，找阿元玩去，他们早上都在后池边看花匠做事，你也去。"或是："到老太太后廊子找我，你看不看怎样挟燕窝？"

<u>红绒发辫暂时便消失了。</u>

太阳热起来，有天我在水亭子里睡着了，睁开眼正是文珍过来把我拉起来，"不能睡，不能睡，这里又是日头又是风的，快给我进去喝点热茶。"害怕的我跟着她去到小厨房，看着她拿开水冲茶，听她嘴里哼哼的唱着小调。篁姊走过看到我们便喊："文珍，天这么热你把她带到小厨房里做什么？"我当时真怕文珍生气，文珍却笑嘻嘻的："三少奶奶，你这位妹妹真怕生，总是一个人闷着，今天又在水亭里睡着了，你给她想想法子解解闷，这里怪难为她的。"

篁姊看看我说，"怎么不找那些孩子玩去？"我没有答应出来，文珍在篁姊背后已对我挤了挤眼，我感激的便不响了。篁姊走去，文珍拉了我的手说，"不要紧，不找那些孩子玩时就来找我好了，我替你想想法子。你喜欢不喜欢拆旧衣衫？我给你一把小剪子，我教你。"

于是面对面我们两人有时便坐在树荫下拆旧衣，我不会时她就叫我帮助她拉着布，她一个人剪，一边还同我讲故事。

指着大石井，她说，"文环比我大两岁，长得顶好看了，好看的人没有好命，更可怜！我的命也不好，可是我长得老实样，没有什么人来欺侮我。"文环是跳井死的丫头，这事发生在我未来这家以前，我就知道孩子们到了晚上，便互相逗着说文环的鬼常常在井边来去。

"文环的鬼真来么？"我问文珍。

"这事你得问芳少爷去。"

我怔住不懂，文珍笑了，"小孩子还信鬼么？我告诉你，文环的死都是芳少爷不好，要是有鬼她还不来找他算账，我看，就没有鬼，文环白死了！"我仍然没有懂，文珍也不再往下讲了，自己好像不胜感慨的样子。

过一会她忽然说：

"芳少爷讲书倒讲得顶好了，我替你出个主意，等他们早上讲诗的时候，你也去听。背背诗挺有意思的，明天我带你去听。"

到了第二天她果然便带了我到东书房去听讲诗。八九个孩子看到文珍进来，都看着芳哥的脸。文珍满不在乎的坐下，芳哥脸上却有点两样，故作镇定的向着我说：

"小的孩子，要听可不准闹。"我望望文珍，文珍抿紧了嘴不响，打开一个布包，把两本唐诗放在我面前，轻轻的说，"我把书都给你带来了。"

芳哥选了一些诗，叫大的背诵，又叫小的跟着念；又讲李太白怎样会喝酒的故事。文珍看我已经很高兴的在听下去，自己便轻脚轻手的走出去了。此后每天我学了一两首新诗，到晚上就去找文珍背给她听，背错了她必提示我，每背出一首她还替我抄在一个本子里——如此文珍便做了我的老师。

词语在线

算账:①计算账目。②吃亏或失败后和人争执较量。

五月节中文珍裹的粽子好，做的香袋更是特别出色，许多人便托她做，有的送她缎面鞋料，有的给她旧布衣衫，她都一脸笑高兴的接收了。有一天在她屋子里玩，我看到她桌子上有个古怪的纸包；我问她里边是些什么，她也很稀奇的说连她都不知道。我们两人好奇的便一同打开看。原来里边裹着是一把精致的折扇，上面画着两三朵菊花，旁边细细的写着两行诗。

词语在线

稀奇：稀少新奇。

薄暮：傍晚。

"这可怪了，"她喊了起来，接着把眼珠子一转，仿佛想起什么了，便轻声的骂着，"鬼送来的！"

听到鬼，我便联想到文环，忽然恍然，有点明白这是谁送来的！我问她可是芳哥？她望着我看看，轻轻拍了我一下，好脾气的说，"你这小孩子好懂事，可是，"她转了一个口吻，"小孩子家太懂事了，不好的。"过了一会，看我好像很难过，又笑逗着我，"好娇气，一句话都吃不下去！轻轻说你一句就值得撅着嘴这半天！以后怎做人家儿媳妇？"我羞红了脸便和她闹，半懂不懂的大声念扇子上的诗。这下她可真急了，把扇子夺在手里说："你看我稀罕不稀罕爷们的东西！死了一个丫头还不够呀？"一边说一边狠狠的把扇子撕个粉碎，伏在床上哭起来了。

我从来没有想到文珍会哭的，这一来我慌了手脚，爬在她背上摇她，一直到自己也哭了她才回过头来说，"好小姐，这是怎么闹的，快别这样了。"替我擦干了眼泪，又哄了我半天。一共做了两个香包才把我送走。

在夏天有一个薄暮里大家都出来到池边乘凉看荷花，小孩子忙着在后园里捉萤火虫，我把文珍也拉去绕着假山竹林子走，一直到了那扇永远锁闭着的小门前边。阿元说那边住的一个人家是革命党，我们都问革命党是什么样子，要爬在假山上面望那边看。文珍第一个上去，阿元接着把我推上去。等到我的脚自己能立稳的时候，我才看到隔壁院里一个剪发的年青人，仰着头望着我们笑。文珍急着要下来，阿元却正挡住她的去路。阿元上到山顶冒冒失失的便向着那人问，"喂，喂，我问你，你是不是革命党呀？"那人皱一皱眉又笑了笑，问阿元敢不敢下去玩，文珍生气了说阿元太顽皮，自己便先下去，把我也接下去走了。

过了些时，我发现这革命党邻居已同阿元成了至交，时常请阿元由墙上过去玩，他自己也越墙过来同孩子们玩过一两次。他是个东洋留学生，放暑假回家的，很自然的我注意到他注意文珍，可是一切事在我当时都是一片模糊，莫明其所以的。文珍一天事又那么多，有时被孩子们纠缠不过，总躲了起来在楼上挑花做鞋去，轻易不见她到花园里来玩的。

可是忽然间全家里空气突然紧张，大点的孩子被二少奶老太太传去问话；我自己也被筜姊询问过两次关于小孩子们爬假山结交革命党的事，但是每次我都咬定了不肯说有文珍在一起。在那种大家庭里厮混了那么久，我也积渐明白做丫头是怎样与我们不同，虽然我却始终没有看到文珍被打过。

经过这次事件以后，文珍渐渐变成沉默，没有先前活泼了。多半时候都在正厅耳房一带，老太太的房里或是南楼上，看少

名师点评

从家中空气突然紧张、孩子们总被叫去问话来看，结交革命党在当时是一件不能公之于众的事情。这是当时真实社会氛围的折射。

奶奶们打牌。仅在篁姊生孩子时，晚上过来陪我剪花样玩，帮我写两封家信。看她样子好像很不高兴。

中秋前几天阿元过来，报告我说家里要把文珍嫁出去，已经说妥了人家，一个做生意的，长街小钱庄里管账的，听说文珍认得字，很愿意娶她，一过中秋便要她过门。我一面心急文珍要嫁走，却一面高兴这事的新鲜和热闹。

"文珍要出嫁了！"这话在小孩子口里相传着。但是见到文珍我却没有勇气问她。下意识的，我也觉到这桩事的不妙；一种黯淡的情绪笼罩着文珍要被嫁走的新闻上面。我记起文珍撕扇子那一天的哭，我记起我初认识她时她所讲的文环的故事，这些记忆牵牵连连的放在一起，都似乎叫我非常不安。到后来我忍不住了，在中秋前两夜大月亮和桂花香中看文珍正到我们天井外石阶上坐着时，上去坐在她旁边，无暇思索的问她：

"文珍，我同你说。你真要出嫁了么？"

文珍抬头看看树枝中间月亮：

"她们要把我嫁了！"

"你愿意么？"

"什么愿意不愿意的，谁大了都得嫁不是？"

"我说是你愿意嫁给那么一个人家么？"

"为什么不？反正这里人家好，于我怎么着？我还不是个丫头，穿得不好，说我不爱体面，穿得整齐点，便说我闲话，说我好打扮，想男子……说我……"

她不说下去，我也默然不知道说什么。

"反正，"她接下说，"丫头小的时候可怜，好容易捱大了，又得遭难！不嫁老在那里磨着，嫁了不知又该受些什么罪！活该我自己命苦，生在凶年……亲爹嬷背了出来卖给人家！"

我以为她又哭了，她可不，忽然立了起来，上个小山坡，颠起脚来连连拆下许多桂花枝，拿在手里嗅着。

"我就嫁！"她笑着说，"她们给我说定了谁，我就嫁给谁！管他呢，命要不好，遇到一个醉汉打死了我，不更干脆？反正，文环死在这井里，我不能再在他们家上吊！这个那个都待我好，可是我可伺候够了，谁的事我不做一堆？不待我好，难道还要打我？"

"文珍，谁打过你？"我问。

"好，文环不跳到井里去了么，谁现在还打人？"她这样回答，随着把手里桂花丢过一个墙头，想了想，笑起来。我是完全的莫明其妙。

"现在我也大了，闲话该轮到我了，"她说了又笑，"随他们说去，反正是个丫头，我不怕！……我要跑就跑，跟卖布的，卖糖糕的，卖馄饨的，担臭豆腐挑子沿街喊的，出了门就走了！谁管得了我？"她放声的咭咭呱呱的大笑起来，两只手拿我的额发辫着玩。

我看她高兴，心里舒服起来。寻常女孩子家自己不能提婚姻的事，她竟说要跟卖臭豆腐的跑了，我暗暗希罕她说话的胆子，自己也跟着说疯话：

"文珍，你跟卖馄饨的跑了，会不会生个小孩也卖小馄饨呀？"

文珍的脸忽然白下来，一声不响。

××钱庄管账的来拜节，有人一直领他到正院里来，小孩们都看见了。这人穿着一件蓝长衫，罩一件青布马褂，脸色乌黑，看去真像有了四十多岁，背还有点驼，指甲长长的，两只手老筒在袖里，顽皮的大孩子们眼睛骨碌碌的看着他，口上都在轻轻的叫他新郎。

我知道文珍正在房中由窗格子里可以看得见他，我就跑进去找寻，她却转到老太太床后拿东西，我跟着缠住，她总一声不响。忽然她转过头来对我亲热的一笑，轻轻的，附在我耳后说，"我跟卖馄饨的去，生小孩，卖小馄饨给你吃！"说完扑嗤的稍稍大声点笑。我乐极了就跑出去。但所谓"新郎"却已经走了，只听说人还在外客厅旁边喝茶，商谈亲事应用的茶礼，我也没有再出去看。

此后几天，我便常常发现文珍到花园里去，可是几次，我都找不着她，只有一次我看见她从假山后那小路回来。

"文珍你到那里去？"

她不答应我，仅仅将手里许多杂花放在嘴边嗅，拉着我到池边去说替我打扮个新娘子，我不肯，她就回去了。

又过了些日子我家来人接我回去，晚上文珍过来到我房里替篁姊收拾我的东西。看见房里没有人，她把洋油灯放低了一点，走到床边来同我说：

"我以为我快要走了，现在倒是你先去，回家后可还记得起来文珍？"

<u>我眼泪挂在满脸，抽噎着说不出话来。</u>

"不要紧，不要紧，"她说，"我到你家来看你。"

"真的么？"我伏在她肩上问。

"那谁知道！"

"你是不是要嫁给那钱庄管账的？"

"我不知道。"

"你要嫁给他，一定变成一个有钱的人了，你真能来我家么？"

"我也不知道。"

我又哭了。文珍摇摇我，说，"哭没有用的，我给你写信好不好？"我点点头，就躺下去睡。

回到家后我时常盼望着文珍的信，但是她没有给我信。真的革命了，许多人都跑上海去住，篁姊来我们家说文珍在中秋节后快要出嫁以前逃跑了，始终没有寻着。这消息听到耳里同雷响一样，我说不出的记挂担心她。我鼓勇气的问文珍是不是同一个卖馄饨的跑了，篁姊惊讶地问我：

"她时常同卖馄饨的说话么？"

我摇摇头说没有。

"我看，"篁姊说，"还是同那个革命党跑的！"

一年以后，我还在每个革命画册里想发现文珍的情人。文珍却从没有给我写过一个信。

（原载 1936 年 6 月 14 日《大公报·文艺副刊》第 162 期，
题名为"文珍模影零篇之三"）

绣绣

——模影零篇之四

因为时局，我的家暂时移居到××。对楼张家的洋房子楼下住着绣绣。那年绣绣十一岁，我十三。起先我们互相感觉到使彼此不自然，见面时便都先后红起脸来，准备彼此回避。但是每次总又同时彼此对望着，理会到对方有一种吸引力，使自己不容易立刻实行逃脱的举动。于是在一个下午，我们便有意距离彼此不远底同立在张家楼前，看许多人用旧衣旧鞋热闹底换碗。

词语在线

回避：①让开；躲开。②法律上指司法人员及其他有关人员由于与案件或案件当事人有利害关系，或者可能影响公正处理案件而不参加该案件的诉讼活动。

还是绣绣聪明，害羞的由人丛中挤过去，指出一对美丽的小磁碗给我看，用秘密亲昵的小声音告诉我她想到家里去要一双旧鞋来换。我兴奋的望着她回家的背影，心里漾起一团愉悦的期待。不到一会子工夫，我便又佩服又喜悦的参观到绣绣同换碗的贩子一段交易的喜剧，变成绣绣的好朋友。

那张小小图画今天还顶温柔的挂在我的胸口。这些年了，我仍能见到绣绣的两条发辫系着大红绒绳，睁着亮亮的眼，抿紧着嘴，边走边跳的过来，一只背在后面的手里提着一双旧鞋。挑卖磁器的贩子口里衔着旱烟，像一个高大的黑影，笼罩在那两簇美丽得同云一般各色磁器的担子上面！一些好奇的人都伸过头来看。"这么一点点小孩子的鞋，谁要？"贩子坚硬的口气由旱烟管的斜角里呼出来。

"这是一双皮鞋，还新着呢！"绣绣抚爱底望着她手里旧皮鞋。那双鞋无疑底曾经一度给过绣绣许多可骄傲的体面。鞋面有两道鞋扣。换碗的贩子终于被绣绣说服，取下口里旱烟扣在灰布腰带上，把鞋子接到手中去端详。绣绣知道这机会不应该失落，也就很快的将两只渴慕了许多时候的小花碗捧到她手里。但是鹰爪似的贩子的一只手早又伸了过来，将绣绣手里梦一般美满的两只小碗仍然收了回去。绣绣没有话说，仰着绯红的脸，眼睛潮润着失望的光。

我听见后面有了许多嘲笑的声音，感到绣绣孤立的形势和她周围一些侮辱的压迫，不觉起了一种不平。"你不能欺侮她小！"我听到自己的声音威风的在贩子的胁下响，"能换就快换，不能换，就把皮鞋还给她！"贩子没有理我，也不去理绣绣，忙碌底同别人交易，小皮鞋也还夹在他手里。

"换了吧老李，换了吧，人家一个孩子。"人群中忽有个老年好事的人发出含笑慈祥的声音。"以老卖老"底他将担子里那两只小碗重新捡出交给绣绣同我："哪，你们两个孩子拿着这两只碗快走吧！"我惊讶的接到一只碗，不知所措。绣绣却挨过亲热的小脸扯着我的袖子，高兴的笑着示意叫我同她一块儿挤出人堆来。那老人或不知道，他那时塞到我们手里的不止是两只碗，并且是一把鲜美的友谊。

自此以后，我们的往来一天比一天亲密。早上我伴绣绣到西街口小店里买点零星东西。绣绣是有任务的，她到店里所买的东西都是油盐酱醋，她妈妈那一天做饭所必需的物品，当我看到她在店里非常熟识的要她的货物了，从容的付出或找人零碎铜元同吊票时，我总是暗暗的佩服她的能干，羡慕她的经验。最使我惊异的则是她妈妈所给我的印象。黄瘦的，那妈妈是个极懦弱无能的女人，因为带着病，她的脾气似乎非常暴躁。种种的事她都指使着绣绣去做，却又无时无刻不咕噜着，教训着她的孩子。

起初我以为绣绣没有爹，不久我就知道原来绣绣的父亲是个很阔绰的人物。他姓徐，人家叫他徐大爷，同当时许多父亲一样，他另有家眷住在别一处的。绣绣同她妈妈母女两人早就寄住在这张家亲戚楼下两小间屋子里，好像被忘记了的孤寡。绣绣告诉我，她曾到过她爹爹的家，那还是她那新姨娘没有生小孩以前，她妈叫她去同爹要一点钱，绣绣说时脸红了起来，头低了下去，挣扎着心里各种的羞愤和不平。我没有敢说话，绣绣随着也就忘掉了那不愉快的方面，抬起头来告诉我，她爹家里有个大洋狗非常的好，"爹爹叫它坐下，它就坐下。"还有一架洋钟，绣绣也不能够忘掉"钟上面有个门"，绣绣眼里亮起来，"到了钟点，门会打开，里面跳出一只鸟来，几点钟便叫了几次。""那是——那是爹爹买给姨娘的。"绣绣又偷偷告诉了我。

"我还记得有一次我爹爹抱过我呢，"绣绣说，她常同我讲点过去的事情。"那时候，我还顶小，很不懂事，就闹着要下地，我想那次我爹一定很不高兴的！"绣绣追悔的感到自己的不好，惋惜着曾经领略过又失落了的一点点父亲的爱。"那时候，你太小了当然不懂事。"我安慰着她。"可是……那一次我到爹家里去时，又弄得他不高兴呢！"绣绣心里为了这桩事，大概已不止一次的追想难过着，"那天我要走的时候，"她重新说下去，"爹爹翻开抽屉问姨娘有什么好玩艺儿给我玩，我看姨娘没有答应，怕她不高兴，便说，我什么都不要，爹听见就很生气把抽屉关上，说：不要就算了！"——这里绣绣本来清脆的声音显然有点哑，"等我再想说话，爹已经起来把给妈的钱交给我，还说，你告诉她，有病就去医，自己乱吃药，明日吃死了我不管！"这次绣绣伤心的对我诉着委屈，轻轻抽噎着哭，一直坐在我们后院子门槛上玩，到天黑了才慢慢底踱回家去，背影消失在张家灰黯的楼下。

夏天热起来，我们常常请绣绣过来喝汽水，吃藕，吃西瓜。娘把我太短了的花布衫送给绣绣穿，她活泼的在我们家里玩，帮着大家摘菜，做凉粉，削果子做甜酱，听国文先生讲书，讲故事。她的妈则永远坐在自己窗口里，摇着一把蒲扇，不时颤声的喊，"绣绣！绣绣！"底下咕噜着一些埋怨她不回家的话，"……同她父亲一样，家里总坐不住！"

有一天，天将黑的时候，绣绣说她肚子痛，匆匆跑回家去。到了吃夜饭时候，张家老妈到了我们厨房里说，绣绣那孩子病得很，她妈不会请大夫，急得只坐在床前哭。我家里人听见了就叫老陈妈过去看绣绣，带着一剂什么急救散。我偷偷跟在老陈妈后面，也到绣绣屋子去看她。我看到我的小朋友脸色苍白的在一张木床上呻吟着，屋子在那黑夜小灯光下闷热的暑天里，显得更凌乱不堪。那黄病的妈妈除却交叉着两只手发抖的在床边敲着，不时呼唤绣绣外，也不会为孩子预备一点什么值当的东西。大个子的蚊子咬着孩子的腿同手臂，大粒子汗由孩子额角沁出流到头发旁边。老陈妈慌张前后的转，拍着绣绣的背，又问徐大妈妈——绣绣的妈——要开水，要药锅煎药。我偷个机会轻轻溜到绣绣床边叫她，绣绣听到声音还勉强的睁开眼睛看看我作了一个微笑，吃力的低声说，"蚊香……在屋角……劳驾你给点一根……"她显然习惯于母亲的无用。

"人还清楚！"老陈妈放心去熬药。这边徐大奶奶咕噜着，"告诉你过人家的汽水少喝！果子也不好，我们没有那命吃那个……偏不听话，这可招了祸！……你完了小冤家，我的老命也就不要了……"绣绣在呻吟中间显然还在哭辩着，"那里是那些，妈……今早上……我渴，喝了许多凉水。"

家里派人把我拉回去。我记得那一夜我没得好睡，惦记着绣绣，做着种种可怕的梦。绣绣病了差不多一个月，到如今我也不知道到底患的什么病，他们请过两次不同的大夫，每次买过许多杂药。她妈天天给她稀饭吃。正式的医药没有，营养更是等于零的。

因为绣绣的病，她妈妈埋怨过我们，所以她病里谁也不敢送吃的给她。到她病将愈的时候，我天天只送点儿童画报一类的东西去同她玩。

病后，绣绣那灵活的脸上失掉所有的颜色，更显得异样温柔，差不多超尘的洁净，美得好像画里的童神一般，声音也非常脆弱动听，牵得人心里不能不漾起怜爱。但是以后我常常想到上帝不仁的排布，把这么美好敏感，能叫人爱的孩子虐待在那么一个环境里，明明父母双全的孩子，却那样零仃孤苦，使她比失却怙恃更茕孑无所依附。当时我自己除却给她一点童年的友谊，作个短时期的游伴以外，毫无其他能力护助着这孩子同她的运命搏斗。

她父亲在她病里曾到她们那里看过她一趟，停留了一个极短的时间。但他因为不堪忍受绣绣妈的一堆存积下的埋怨，他还发气狠心的把她们母女反申斥了教训了，也可以说是辱骂了一顿。悻悻的他留下一点钱就自己走掉，声明以后再也不来看她们了。

我知道绣绣私下曾希望又希望着她爹去看她们，每次结果都是出了她孩子打算以外的不圆满。这使她很痛苦。这一次她忍耐不住了，她大胆的埋怨起她的妈，"妈妈，都是你这样子闹，所以爹气走了，赶明日他再也不来了！"其实绣绣心里同时也在痛苦着埋怨她爹。她有一次就轻声的告诉过我："爹爹也太狠心了，妈妈虽然有脾气，她实在很苦的，她是有病。你知道她生过六个孩子，只剩我一个女的，从前，她常常一个人在夜里哭她死掉的孩子，日中老是做活计，样子同现在很两样，脾气也很好的。"但是绣绣虽然告诉过我——她的朋友——她的心绪，对她母亲的同情，徐大奶奶都只听到绣绣对她一时气愤的埋怨，因此便借题发挥起来，夸张着自己的委曲，向女儿哭闹、谩骂。

那天张家有人听得不过意了，进去干涉，这一来，更触动了徐大奶奶的歇斯塔尔利亚的脾气，索性气结的坐在地上狠命

词语在线

怙恃：①依仗；凭借。②《诗经·小雅·蓼莪》："无父何怙，无母何恃。"后来用"怙恃"为父母的代称。

名师点评

绣绣的妈妈只因为绣绣的几句埋怨之语便不停哭闹、谩骂，只沉浸在自己的世界里而完全不顾及女儿感受，由此可见，她是一个以自我为中心的人。

的咬牙捶胸，疯狂似的大哭。等到我也得到消息过去看她们时，绣绣已哭到眼睛红肿，蜷伏在床上一个角里抽搐得像个可怜的迷路的孩子。左右一些邻居都好奇，好事的进去看她们。我听到出来的人议论着她们事说："徐大爷前月生个男孩子了。前几天替孩子做满月办了好几桌席，徐大奶奶本来就气得几天没有吃好饭，今天大爷来又说了她同绣绣一顿，她更恨透了，巴不得同那个新的人拼命去！凑巧绣绣还护着爹，倒怨起妈来，你想，她可不就气疯了，拿孩子来出气么？"我还听见有人为绣绣不平，又有人说："这都是孽债，绣绣那孩子，前世里该了他们什么吧？怪可怜的，那点点年纪，整天这样捱着。你看她这场病也会不死？这不是该他们什么还没有还清么？！"

绣绣的环境一天不如一天，的确好像有孽债似的，妈妈的暴躁比以前更迅速的加增，虽然她对绣绣的病不曾有效的维护调摄，为着忧虑女儿的身体那烦恼的事实却增进她的衰弱怔忡的症候，变成一个极易受刺激的妇人。为着一点点事，她就得狂暴的骂绣绣。有几次简直无理的打起孩子来。楼上张家不胜其烦，常常干涉着，因之又引起许多不愉快的口角，给和平的绣绣更多不方便同为难。

我自认已不迷信的了，但是人家说绣绣似来还孽债的话，却偏深深印在我脑子里，让我回味又回味着，不使我摆脱开那里所隐示的果报轮回之说。读过《聊斋志异》同《西游记》的小孩子的脑子里，本来就装着许多荒唐的幻想的，无意的迷信的话听了进去便很自然发生了相当影响。此后不多时候我竟暗同绣绣谈起观音菩萨的神通来。两人背着人描下柳枝观音的像夹在书里，又常常在后院偷向西边虔敬的作了一些滑稽的参拜，或烧几炷家里的蚊香。我并且还教导绣绣暗中临时念"阿弥陀佛，救苦救难观世音菩萨"，告诉她那可以解脱突来的灾难。病得瘦白柔驯，乖巧可人的绣绣，于是真的常常天真的双垂着眼，让长长睫毛美丽底覆在脸上，合着小小手掌，虔意的喃喃向着传说能救苦的观音祈求一些小孩子的奢望。

"可是，小姊姊，还有耶稣呢？"有一天她突然感觉到她所信任的神明问题有点儿蹊跷，我们两人都是进过教会学校的——我们所受的教育，同当时许多小孩子一样本是矛盾的。

"对了，还有耶稣！"我果然，无法给她合理的答案。

神明本身既发生了问题，神明自有公道慈悲等说也就跟着动摇了。<u>但是一个漂泊不得于父母的寂寞孩子显然需要可皈依的主宰的，所以据我所知道，后来观音同耶稣竟是同时庄严的在绣绣心里受她不断地敬礼！</u>

这样日子渐渐过去，天凉快下来，绣绣已经又被指使着去临近小店里采办杂物，单薄的后影在早晨凉风中摇曳着，已不似初夏时活泼。看到人总是含羞的不说什么话，除却过来找我一同出街外，也不常到我们这边玩了。

突然的有一天早晨，张家楼下发出异样紧张的声浪，徐大奶奶在哭泣中锐声气愤底在骂着，诉着，喘着，与这锐声相间而发的有沉重的发怒的男子口音。事情显然严重。借着小孩子身份，我飞奔过去找绣绣。张家楼前停着一辆讲究的家车，徐大奶奶房间的门开着一线，张家楼上所有的仆人，厨役，打杂同老妈，全在过道处来回穿行，好奇的听着热闹。屋内秩序比寻常还要紊乱，刚买回来的肉在荷叶上挺着，一把蔬菜萎靡的像一把草，搭在桌沿上，放出灶边或菜市里那种特有气味。一堆碗箸，用过的同未用的，全在一个水盆边放着。墙上美人牌香烟的月份牌已让人碰得在歪斜里悬着。最奇怪的是那屋子里从来未有过的雪茄烟的气氛。徐大爷坐在东边木床上。紧紧锁着眉，怒容满面，口里衔着烟，故作从容底抽着，徐大奶奶由邻居里一个老太婆同一个小脚老妈子按在一张旧藤椅上还断续底颤声地哭着。

当我进门时，绣绣也正拉着楼上张太太的手进来，看见我头低了下去，眼泪显然涌出，就用手背去擦着已经揉得红肿的眼皮。

徐大奶奶见到人进来就锐声的申诉起来。她向着楼上张太太："三奶奶，你听听我们大爷说的没有理的话！……我就有这么半条老命，也不能平白让他们给弄死！我熬了这二十多年，现在难道就这样子把我撵出去？人得有个天理呀！……我打十七岁来到他家，公婆面上什么没有受过，捱过，……"

张太太望望徐大爷，绣绣也睁着大眼睛望着她的爹，大爷先只是抽着烟严肃的冷酷的不做声。后来忽然立起来，指着绣绣的脸，愤怒的做个强硬的姿势说："我告诉你，不必说那许多费话，无论如何，你今天非把家里那些地契拿出来交还我不可，……这真是岂有此理！荒唐之至！老家里的田产地契也归

📝 词语在线

萎靡：精神不振；意志消沉。

冷酷：(待人)冷淡苛刻。

你管了，这还成什么话！"

夫妇两人接着都有许多驳难的话：大奶奶怨着丈夫遗弃，克扣她钱，不顾旧情，另有所恋，不管她同孩子两人的生活，在外同那女人浪费。大爷说他妻子，不识大体，不会做人，他没有法子改良她，他只好提另再娶能温顺着他的女人另外过活，坚不承认有何虐待大奶奶处。提到地契，两人各据理由争执，一个说是那一点该是她老年过活的凭借，一个说是祖传家产不能由她作主分配。相持到吃中饭时分，大爷的态度愈变愈强硬，大奶奶却喘成一团，由疯狂的哭闹，变成无可奈何的啜泣。别人已渐渐退出。

直到我被家里人连催着回去吃饭时，绣绣始终只缄默的坐在角落里，由无望的伴守着两个互相仇视的父母，听着楼上张太太的几次清醒的公平话，尤其关于绣绣自己的地方。张太太说的要点是他们夫妇两人应该看绣绣面上，不要过于固执。她说："那孩子近来病得很弱。"又说："大奶奶要留着一点点也是想到将来的事，女孩子长大起来还得出嫁，你不能不给她预备点。"她又说："我看绣绣很聪明，下季就不进学，开春也应该让她去补习点书。"她又向大爷提议："我看以后大爷每月再给绣绣筹点学费，这年头女孩不能老不上学尽在家里做杂务的。"

这些中间人的好话到了那生气的两个人耳里，好像更变成一种刺激，大奶奶听到时只是冷讽着："人家有了儿子了，还顾了什么女儿！"大爷却说："我就给她学费，她那小气的妈也不见得送她去读书呀？"大奶奶更感到冤枉了，"是我不让

词语在线

固执：(性情或态度)古板执着，不肯变通。

她读书么？你自己不说过：女孩子不用读那么些书么？"

无论如何，那两人固执着偏见，急迫只顾发泄两人对彼此的仇恨，谁也无心用理性来为自己的纠纷寻个解决的途径，更说不到顾虑到绣绣的一切。那时我对绣绣的父母两人都恨透了，恨不得要同他们说理，把我所看到各种的情形全盘不平的倾吐出来，叫他们醒悟，乃至于使他们悔过，却始终因自己年纪太小，他们情形太严重，拿不起力量，懦弱的抑制下来。但是当我咬着牙毒恨他们时，我偶然回头看到我的小朋友就坐在那里，眼睛无可奈何的向着一面，无目的楞着，忽然使我起一种很奇怪的感觉。我悟到此刻在我看去无疑问的两个可憎可恨的人，却是那温柔和平绣绣的父母。<u>我很明白即使绣绣此刻也有点恨着他们，但是蒂结在绣绣温婉的心底的，对这两人到底仍是那不可思议的深爱！</u>

我在惘惘中回家去吃饭，饭后等不到大家散去，我就又溜回张家楼下。这次出我意料以外的，绣绣房前是一片肃静。外面风刮得很大，树叶和尘土由甬道里卷过，我轻轻推门进去，屋里的情形使我不禁大吃一惊，几乎失声喊出来！方才所有放在桌上木架上的东西，现在一起打得粉碎，扔散在地面上……大爷同大奶奶显然已都不在那里，屋里既无啜泣，也没有沉重的气愤的申斥声，所余仅剩苍白的绣绣，抱着破碎的想望，无限的伤心，坐在老妈子身边。雪茄烟气息尚香馨底笼罩在这一幅惨淡滑稽的画景上面。

"绣绣，这是怎么了？"绣绣的眼眶一红，勉强调了一下哽

名师点评

绣绣正因为深深地爱着她的父母，所以才会痛恨他们毫不顾及自己的感受。

咽的嗓子，"妈妈不给那——那地契，爹气了就动手扔东西，后来……他们就要打起来，隔壁大妈给劝住，爹就气着走了……妈让他们扶到楼上'三阿妈'那里去了。"

小脚老妈开始用条帚把地上碎片收拾起来。

忽然在许多凌乱中间，我见到一些花磁器的残体，我急急拉过绣绣，两人一同俯身去检验。

"绣绣！"我叫起来，"这不是你那两只小磁碗？也……也让你爹砸了么？"

绣绣泪汪汪的点点头，没有答应，云似的两簇花磁器的担子和初夏的景致又飘过我心头，我捏着绣绣的手，也就默然。外面秋风摇撼着楼前的破百叶窗，两个人看着小脚老妈子将那美丽的尸骸同其他茶壶粗碗的碎片，带着茶叶剩菜，一起送入一个旧簸箕里，葬在尘垢中间。

词语在线

摇撼：摇动（树木、建筑物等）。

这世界上许多纷纠使我们孩子的心很迷惑，——那年绣绣十一，我十三。

终于在那年的冬天，绣绣的迷惑终止在一个初落雪的清早里。张家楼房背后那一道河水，冻着薄薄的冰，到了中午阳光隔着层层的雾惨白的射在上面，绣绣已不用再缩着脖颈，顺着那条路，迎着冷风到那里去了！无意的她却把她的迷惑留在我心里，飘忽于张家楼前同小店中间直到了今日。

廿六，三，廿。

（原载 1937 年 4 月 18 日《大公报·文艺副刊》第 325 期，题名为"绣绣模影零篇四"）

品读赏析

《九十九度中》是林徽因小说的代表作。它与林徽因其他的小说作品不同，没有如同维杉、钟绿、吉公那样的主要人物，而是截取了在华氏九十九度高温的一天之中北平城内各阶层生活的一个横断面，描写了特定历史时期下的百态人生。这部作品包含了大约14个情节片断、40多个人物的生活故事，展现了林徽因游刃有余的语言驾驭能力，以及她对社会的思考和感悟。

写作积累

腼腆　懊悔　殷勤　应接不暇　绮丽　艳羡

· 他对维杉看了一眼，似笑非笑地皱了一皱眉头——少朗的眉头是永远有文章的。

· 维杉好像在他们中间划出一条界线，分明地分成两组，把他自己分在前辈的一边。

· 那六只泥泞布履的脚，无条件的，继续着他们机械式的展动。

· 街上一个人没有，树让雨打得像囚犯一样，低头摇曳。一种说不出来的黯淡和寂寞笼罩着整条没生意的街道，和街道旁边不作声的一切。

· 上边劈空的雷电，四围纷披的狂雨，一会儿工夫她就消失在那水雾迷漫之中了……

· 那老人或不知道，他那时塞到我们手里的不止是两只碗，并且是一把鲜美的友谊。

· 这次绣绣伤心的对我诉着委屈，轻轻抽噎着哭，一直坐在我们后院子门槛上玩，到天黑了才慢慢底踱回家去，背影消失在张家灰黯的楼下。

·病后，绣绣那灵活的脸上失掉所有的颜色，更显得异样温柔，差不多超尘的洁净，美得好像画里的童神一般，声音也非常脆弱动听，牵得人心里不能不漾起怜爱。

思考练习

1. 维杉因为哪些事情觉得窘？

2. 你对《九十九度中》里的哪个人物印象最深刻？为什么？

3. 钟绿、吉公、文珍、绣绣，你最喜欢谁？为什么？

戏剧卷

梅真是李家的丫头，她与李二太太的孩子们一起长大，和他们有着深厚的感情。这天，梅真与四小姐李文琪在闲聊，唐元澜、李文娟、黄仲维的逐一到来打断了她们的闲聊。梅真同他们发生了怎样的故事？我们一起来看看吧。

梅真同他们

〔四幕剧〕

梅蕊触人意，冒寒开雪花。

遥怜水风晚，片片点汀沙。

——黄山谷《题梅》

第一幕

出台人物（按出台先后）

　　　　四十多岁的李太太　　（已寡）李琼

　　　　四小姐　李琼女　李文琪

　　　　梅　真　李家丫头

　　　　宋　升　仆人

　　　　唐元澜　从国外回来年较长的留学生

　　　　大小姐　（李前妻所出，非李琼女）李文娟

　　　　张爱珠　文娟女友

　　　　黄仲维　研究史学喜绘画的青年

地　点　三小姐，四小姐共用的书房

时　间　最近的一个冬天寒假里

　　这三间比较精致的厢房妈妈已经给了女孩子们（三个女孩中已有一个从大学里毕了业，那两个尚在二年级的兴头上）做书房。这房里一切器具虽都是家里书房中旧有的，将就底给孩子们排设，可是不知从书桌的那一处，书架上，椅子上，睡榻上，乃至于地板上，都显然的透露出青年女生宿舍的气氛。现在房里仅有妈妈同文琪两人（文琪寻常被称做"老四"，三姊文霞，大姊文娟都不在家），妈妈（李琼）就显然不属于这间屋子的！她是那么雅素整齐，端正底坐在一张直背椅子上看信，很秀气一副花眼眼镜架在她那四十多岁的脸上。"老四"文琪躺在小沙发上看书，那种特殊的蜷曲姿势，就表示她是这里真实的主人毫无疑问！她的眼直楞楞的望着书，自然底，甜蜜底同周围空气合成一片年青的享乐时光。时间正在寒假的一个下午里，屋子里斜斜还有点太阳，有一盆水仙花，有火炉，有柚子，有橘子，吃过一半的同整个的全有。

妈妈看完信，立起来向周围望望，眼光抚爱底停留在"老四"的身上，好一会儿，才走过去到另一张半榻前翻检那上面所放着的各种活计编织物。老四楞楞的看书连翻过几篇书页，又回头望下念。毫未注意到妈妈的行动。

李　琼　（妈妈）大年下里，你们几个人用不着把房子弄得这么乱呀！（手里提起半榻上的编织物，又放下）

文　琪　（老四）（由沙发上半起仰头看看又躺下）那是大姊同三姊的东西，一会儿我起来收拾得了。

　　琼　（慈爱地抿着嘴笑）得了老四，大约我到吃晚饭时候进来，你也还是这样躺着看书！

文　琪　（毫不客气的）也许吧！（仍看书）

　　琼　（仍是无可奈何地笑笑，要走出门又回头）噢，我忘了，二哥信里说，他要在天津住一天，后天早上到家。（稍停）你们是后天晚上请客吧？

文　琪　后天？噢，对了，后天，（忽然将书合右胸上稍稍起来一点）二哥说那一天到？

　　琼　他说后天早上。

文　琪　那行了——更好，其实，就说是为他请客，要他高兴一点儿。

琼　　二哥说他做了半年的事，人已经变得大人气许多，他还许嫌你们太疯呢！（暗中为最爱的儿子骄傲）

文琪　　不会，我找了许多他的老同学，还……还请了璨璨，妈妈记得他是不是有点喜欢璨璨？

琼　　我可不知道，你们的事，谁喜欢谁，谁来告诉妈呀？我告诉你，你们请客要什么东西，早点告诉我，厨子荣升都靠不住的，你尽管孩子气，临时又该着急了。

文琪　　大姊说她管。

琼　　大姊？她从来刚顾得了自己，并且这几天唐元澜回来了，他们的事真有点……（忽然凝思不语另改了一句话）反正你别太放心了，有事还是早点告诉我好，凡是我能帮忙的我都可以来。

文琪　　（快活底，感激底由沙发上跳起来仍坐在沙发边沿眼望着妈）真的？妈妈！（撒娇底）妈妈，真的？（把书也扔在一旁）

琼　　怎么不信？

文琪　　信，信，妈妈！（起来扑在妈妈右肩半推着妈妈走几步）

琼　　（同时的）这么大了还撒娇！

文琪　　妈妈（再以央求的口气）妈妈……

琼　　（被老四扯得要倒，挣扎着维持均衡）什么事？好好说呀！

文　琪　我们可以不可以借你的那一套好桌布用？

琼　（犹豫）那块黄边挑花的？

文　琪　爹买给你的那块。

琼　（戏拨老四脸）亏你记得真！爹过去了这五年，那桌布就算是纪念品了。好吧，我借给你们用。（感伤向老四）今年爹生忌你提另买把花来孝敬爹。

文　琪　（自然底）好吧，我再提另买盒糖送你，（逗妈的口气）不沾牙的！

琼　（哀愁底微笑将出又回头）还有一桩事，我要告诉你。你别看梅真是个丫头，那孩子很有出息，又聪明又能干，你叫她多帮点你的忙……你知道大伯嬷老挑那孩子不是，大姊又常磨她，同她闹，我实在不好说……我很同情梅真，可是就为得大姊不是我生的，许多地方我就很难办！

文　琪　妈妈放心好了，梅真对我再痛快没有的了。

〔李琼下，文琪又跳回沙发上伸个大懒腰，重新楞生生的瞪着眼看书。小门轻轻的开了，进来的梅真约摸在十九至廿一岁中间，丰满不瘦，个子并不大，娇憨天生，脸上处处是活泼的表情，尤其是一双伶俐的眼睛顶叫人喜欢。〕

梅　真　（把长袍的罩布褂子前襟翻上，里面兜着一堆花生，急促底）四小姐！四小姐！

文　琪　（正在翻书，不理会）……

梅　李文琪！

文琪　（转脸）梅真！什么事这样慌慌张张的？

梅　我——我——（气喘底）我在对过陈太太那儿斗纸牌，斗赢了一大把落花生几只柿子！（把柿子摇晃着放书架上）

文琪　好，你又斗牌，一会儿大小姐回来，我给你"告"去。

梅　（顽皮的捧着衣襟到沙发前）你闻这花生多香，你要告去，我回房里一个人吃去。（要走）

文琪　哎，别走，别走，坐在这里剥给我吃。（仍要看书）

梅　书呆子倒真会享福！你还得再给我一点赌本，回头我还想掷"骰子"去呢……陈家老姨太太来了，人家过年挺热闹的。

文琪　这坏丫头，什么坏的你都得学会了才痛快，谁有对门陈家那么老古董呀……

梅　（高兴底笑）谁都像你们小姐们这样向上？（扯过一张小凳子坐下）反正人家觉得做丫头的没有一个好的，大老爷昨天不还在饭桌上说我坏么？我不早点学一些坏，反倒给人家不方便！（剥花生）

文琪　梅真，你这只嘴太快，难怪大小姐不喜欢你！（仍看书）

梅　（递花生到文琪嘴里）这两天大小姐自己心里不高兴，可把我给磨死了！我又不敢响，就怕大太太听见又给大老爷告嘴，叫你妈妈为难。

文琪　（把书撇下坐起一点）对了，这两天大姊真不高兴！

你说，梅真，唐家元哥那人脾气古怪不古怪？……我看大姊好像对他顶失望的（伸手同梅真要花生）……给我两个我自己剥吧……大姊是<u>虚荣心</u>顶大的人……（吃花生，梅真低头也在剥花生）唐家元哥可好像什么都满不在乎……（又吃花生）……到底，我也没有弄明白当时元哥同大姊，是不是已算是订过婚，这阵子两人就都蹩纽着！我算元哥在外国就有六年，谁知道他有没有人！（稍停）大姊的事你知道，她那小严就闹够了一阵，现在这小陆，还不是老追着她！我真纳闷！

梅　我记得大小姐同唐先生好像并没有正式的订婚，可是差不多也就算是了，你知道当时那些办法古里古怪的……（吃花生）噢，我记起来了，起先是唐先生的姨嬷——刘姑太太——来同大太太讲，那时唐先生自己早动身走了。刘姑太太说是没有关系，事情由她做主，（嚼着花生顽皮的）后来刘姑太许是知道了她做不了主吧，就没有再提起，可是你的大伯伯那脾气，就咬定了这个事……

文琪　现在我看他们真蹩纽，大姊也不高兴，唐家元哥那不说话的劲儿更叫人摸不着头儿！

梅　你操心人家这许多事干么？

文琪　（好笑的）我才没有操心大姊的事呢，我只觉得有点蹩纽！

梅　反正婚姻的事多少总是蹩纽的！

文琪　那也不见得。

梅　（凝思无言仍吃花生）我希望赶明儿你的不蹩纽。

词语在线

虚荣心：追求表面上光彩的心理。

赶明儿：等到明天，泛指以后；将来。

文　琪　（起立到炉边看看火把花生皮掷入）你看大姊那位好朋友张爱珠，特别不特别，这几天又尽在这里扭来扭去的，打听二哥的事儿！

梅　（仍捧着衣襟也起立）让她打听好了！她那眯着眼睛，扭劲儿的！

文　琪　（提着火筷指梅真）你又淘气了！（忽然放下火筷走过来小圆桌边）梅真，我有正经事同你商量。

梅　可了不得，什么正经事？别是你的终身大事吧？（把花生由襟上倒在桌面上）

文　琪　别捣乱，你听着，（坐椅边摇动两只垂着的脚。梅真坐下对面一张椅子上听）后天，后天我们不是请客么？……咳咳……糟糕？（跳下望书桌方面走去）请帖你到底都替我们发出去了没有？前天我看见还有好些张没有寄，（慌张翻抽屉）糟糕，请帖都那儿去了？

梅　（闲适的）大小姐不是说不要我管么？

文　琪　（把抽屉大声的关上）糟了，糟了，你应该知道，大小姐的话靠不住的呀？她说不要你管，她自己可不一定记得管呀！（又翻另一个抽屉）她说……

梅　（偷偷好笑）得了，得了，别着急……我们做丫头的可就想到这一层了，人家大小姐尽管发脾气，我们可不能把人家的事给误了！前天晚上都发出去了。缺的许多住址也给填上了，你说我够不够格儿做书记？

文　琪　（松一口气又回到沙发上）梅真，你真"可以"的！

明日我要是有出息，你做我的秘书！

　　梅　你怎么有出息法子？我们听听看！

文　琪　我想写小说。

　　梅　（抿着嘴笑）也许我也写呢？

文　琪　（也笑）也许吧！（忽然正经起来）可是梅真，你要想写，你现在可得多念点书，用点功才行呀！

　　梅　你说得倒不错！我要多看上了书，做起事来没有心绪，你说大小姐答应不答应我呢？！

文　琪　晚上……

　　梅　晚上看！好！早上起得来吗？我们又没有什么礼拜六，礼拜天的！……

文　琪　我同妈妈商量礼拜六同礼拜天给你放假……

　　梅　得了，礼拜六同礼拜天你们姊儿几个一回家，再请上四五位都能吃能闹的客，或是再忙着打扮出门，我还放什么假？要给我，干脆就给我礼拜一，像中原公司那样……

文　琪　好吧，我明儿替你说去，现在我问你正经话……

　　梅　好家伙。正经话说了半天还没有说出来呀？

文　琪　没有呢！……你看，咱们后天请客，咱们什么也没有预备呢！

　　梅　"咱们"请客？我可没有这福气！

文　琪　梅真你看！你什么都好，就是有时这酸劲儿的不好，我告诉你，人就不要酸，多好的人要酸了，也就没有意思了……我也知道你为难……

梅　你知道就行了，管我酸了臭了！

文　琪　可是你不能太没有勇气，你得望好处希望着，别尽管灰心。你知道酸就是一方面承认失败；一方面又要反抗，倒反抗不反抗的……你想那多么没有意思？

梅　好吧，我记住你这将来小说家的至理名言，是你忘了世界上还有一种酸，本来是一种忌妒心发了酵变成的，那么一股子气味——可是我不说了。……

文　琪　别说吧，回头……

梅　好，我不说，现在我也告诉你正经话，请客的事，我早想过了！

文　琪　我早知道你一定有鬼主意……

梅　你看人家的好意你叫做鬼主意！其实我仅可不管你们的事的！话不又说回来了么；到底一傻丫头的职务是什么呀？

文　琪　管它呢？我正经劝你把这丫头不丫头的事忘了它，（看到梅真抿嘴冷笑）你——你就当在这里做……做个朋友……

梅　朋友？谁的朋友。

文　琪　帮忙的……

梅　帮忙的？为什么帮忙？

文　琪　远亲……一个什远房里小亲戚……

梅　得了吧，别替我想出好听的名字了，回头把你宝贝小脑袋给挤破了！丫头就是丫头，这个倒霉事就没有法子办，谁的好心也没有法子怎样的，除非……除非那一天我走了，不在你们家！别说了，我们还是讲你们请客的事吧。

文　琪　请客的事，你闹得我都把请客的事忘光了！

梅　你瞧，你的同情心也到不了那儿不是，刚说几句话，就算闹了你的正经事，好娇的小姐！

文　琪　你的嘴真是小尖刀似的！

梅　对不起，又忘了你的话。

文　琪　我的什么话？

梅　你不说，有勇气就不要那样酸劲儿么？

〔荣升入，荣升是约略四十岁左右的北方听差，虽然样子并无特殊令人注意之处，可是看去却又显然有一点点滑稽。〕

荣　升　四小姐电话……黄仲维先生，打什么画会里打来的，我有点听不真，黄先生只说四小姐知道……

文　琪　（大笑）得了，我知道，我知道。（转身）耳机呢，耳机又跑那里去了？

梅　又是耳机跑了！什么东西自己忘了放在那儿的，都算是跑了！电话本子，耳机都长那么些腿？（亦起身到处找）

荣　升　（由桌子边书架上找着耳机递给四小姐，自己出）

文　琪　（接电话）喂，喂，（生气底）荣升！你把电话挂上罢！我这儿听不见！喂，仲维呀？什么事？

梅　四小姐我出去吧，让你好打电话……

文　琪　（按着电话筒口）梅真，梅真你别走，请客的事，（急

名师点评

虽然嘴里不饶人，但梅真心里还是关心文琪的，所以才会跟着到处找耳机。

招手）别走呀！喂，喂，什么？噢，噢，你就来得啦？……我这儿忙极了，你不知道！吓？我听不见，你就来吧！吓？好，好……

梅　（笑着回到桌上拿一张纸一支铅笔坐在椅上，一面想一面写）

文　琪　（继续打电话）好，一会儿见。（拔掉电话把耳机带到沙发上一扔）

名师点评

文中到处充满了生活的气息，无论是丢三落四到处找耳机的文琪，还是数落文琪的梅真，都像是我们身边真真正正存在的人物。

梅　（看四小姐）等等又该说耳机跑了！（又低头写）

文　琪　刚才我们讲到那儿了？

梅　讲到……我想想呀，噢，什么酸呀臭呀的，后来就来了甜的……电话？

文　琪　（发出轻松的天真的笑声）别闹了，我们快讲请客的事吧。

梅　哎呀，你的话怎么永远讲不到题目上来呀？（把手中单子递给文琪看）我给你写好了一个单子你看好不好？家里蜡台我算了算一共有十四个，桌布我也想过了……

文　琪　桌布，（看手中单子）亏你也想到了，我早借好啦！

梅　好吧，好吧，算你快一步！我问你吃的够不够？

文　琪　（高兴底）够了，太够了。（看单子）嘿，这黑宋磁胆瓶拿来插梅花太妙了，梅真你怎么那么会想。

名师点评

在这个家中大老爷掌握着绝对的权力，而年轻人的思想和大老爷的思想有许多不同，必然经常出现意见不一致的情况，所以梅真才会这样说。

梅　我比你大两岁，多吃两碗饭呢！（笑）我看客厅东西要搬开，好留多点地方你们跳舞，你可得请太太同大老爷说一声，回头别要大家"不合适"。（起立左右端详）这间屋子我们给打扮得怪怪的，顶摩登的，未来派的，（笑）像电影里的那样留给客人们休息抽烟，谈心或者"作爱"——，好不好？

文　琪　这个坏丫头！

　　梅　我想你可以找你那位会画画的好朋友来帮忙，随便画点摩登东西挂起来，他准高兴！

文　琪　找他？仲维呀？鬼丫头，你主意真不少！我可不知道仲维肯不肯。

　　梅　他干么不肯？（笑着到桌边重剥花生吃）

文　琪　（跟着她过去吃花生，忽然俯身由底下仰看着梅真问）唐家元哥——唐元澜同黄——黄仲维两人，你说谁好？

　　梅　（大笑以挑逗口气）四小姐，你自己说吧，问我干么？！

文　琪　（不好意思）这鬼！我非打你不可！（伸手打梅背）

　　梅　（乱叫，几乎推翻桌子，桌子倾斜一下花生落了满地，两人满房追打）

〔荣升开门无声的先皱了皱眉，要笑又不敢。〕

荣　升　唔，四小姐，唐先生来了。

〔四小姐同梅真都不理会，仍然追着闹〕

荣　升　（窘，咳嗽）大小姐，三小姐管莫都没有回来吧？

〔四小姐同梅真仍未理会。〕

荣　升　（把唐元澜让了进来，自己踌躇的）唐先生您坐坐吧，大小姐还没有回来。（回头出）

〔唐元澜已是三十许人，瘦高，老成持重，却偏偏富于幽默。每件事，他都觉得微微好笑，却偏要皱皱眉。锐敏的口角稍稍掀动，就停止下来；永远像是有话要说，又不想说，仅要笑笑拉倒。他是个思虑深的人，可又有一种好脾气，所以样子看去倒像比他的年岁老一点。身上的衣服带点"名士派"，可不是破烂或是肮脏。口袋里装着书报一类东西，一伸手进去，似乎便会带出一些纸片。〕

唐元澜　（微笑看四小姐同梅真，似要说话又不说了，自己在袋里掏出烟盒来，将抽，又不抽了）

文　琪　（红着脸摇一摇头发望到唐）元哥，他们都不在家，就剩我同梅真两个。

唐　（注视梅真又向文琪）文琪玩什么这么热闹。

文　琪　（同梅真一同不好意思的憨笑，琪指梅真）问她！

唐　我问你二哥什么时候能到家？

梅　（因鞋落，俯身扣上鞋，然后起立，难为情的望着门走，听到话，回头忙着）

文　琪　二哥后天才到，因为在天津停一天，（向梅）这坏丫头！怔什么？

　　梅　你说二少爷后天才回来？……我想……我先给唐先生倒茶去吧。

　　唐　别客气了，我不大喝茶。（皱眉看到地上花生）噢，这是那里来的？（俯身拾地上花生剥着放入嘴里）

　　梅　（憨笑的）你看唐先生饿了，我给你们开点心去！（又回头）四小姐，你们吃什么？

　　文琪　随便，你给想吧！噢，把你做的蛋糕拿来。（看梅将出又唤回她）等等，梅真，（伸手到抽屉里掏几张毛钱票给梅）哪，拿走吧，回头我忘了，你又该赌不成了。

　　梅　（高兴的淘气的笑）好小姐，记性不坏，大年下我要赌不成说不定要去上吊，那多冤呀？

　　唐　（目送梅出去）你们真热闹！

　　文琪　梅真真淘气，什么都能来！

　　唐　聪明人还有不淘气的？文琪，我不知道你家里为什么现在不送她上学了。

　　文琪　我也不大知道，反正早就不送她上学了。奶奶在的时候就爱说妈惯她，现在是大伯伯同伯嬷连大姊也不喜欢她，说她上了学，上不上，下不下的，也不知算什么！那时候我们不是一起上过小学么？在一个学堂里大姊老觉得不合话……

　　唐　学堂里同学的都知道她是……

　　文琪　自然知道的，弄得大家都蹩纽极了，后来妈就送她到另外一个中学，大半到了初中二就没有再去了……

名师点评

闹了半天后，文琪还能记得给梅真赌本，她是将梅真的每件事都记在了心上。

名师点评
因为是个丫头，梅真在外面受了很多委屈，所以她才会格外在意这一点。

唐　为什么呢？

文　琪　她觉得太受气了，有一次她很受点委屈——一个刺激吧，（稍停）别说了，（回头看看）一会儿谁进来了听见不好。（稍停）……元哥，你说大姊跟从前改了样子没有？

唐　改多了……其实谁都改多了，这六年什么都两样得了不得……大家都——都很摩登起来。

文　琪　尤其是大姊，你别看三姊糊里糊涂的，其实更摩登，有点普罗派，可很矛盾的，她自己也那么说，（笑）还有妈妈。元哥你看妈妈是不是个真正摩登人？（急说的）严格的说，大姊并不摩登，我的意思说，她的思想……

唐　（苦笑打断文琪的话）我抽根烟，行不行？（取出烟）

文　琪　当然——你抽好了！

唐　（划了洋火点上衔着烟走向窗前两手背着）

文　琪　（到沙发上习惯的坐下，把腿弯上去，无聊的）我——我也抽根烟行不行？

唐　（回过身来微笑）当然——你抽好了！

文　琪　我可没有烟呀！

唐　对不起。（好笑底从袋里拿出烟盒，开了走过递给文琪，让她自己拿烟）

文　琪　（取根烟让唐给点上）元哥，写文章的人是不是都应该会抽烟？

唐　（逗老四口气）当然的！要真成个文豪，还得学会了抽雪茄烟呢！

文　琪　（学着吹烟圈）元哥，你是不是同大姊有点蹩纽？你同她不好，是不是？

　　唐　（笑而不答，拾起沙发上小说看看，诧异地）你在看这个？（得意）喜欢么？真好，是不是？

文　琪　好极了！（伸手把书要回来）元哥，原来你也有热心的时候，起初我以为你什么都不热心，世界上什么东西都不爱！

　　唐　干么我不热心？世界上（话讲得很慢）美的东西……美的书……美的人……我一样的懂得爱呀！怎么你说得我好像一个死人！

文　琪　不是，我看你那么少说话，怪蹩纽的，（又急促的）我同梅真常说你奇怪！

　　唐　你同梅真？梅真也说我奇怪么？（声音较前不同，却压得很低）

文　琪　不，不，我们就是说——摸不着你的脾气……（窘极，翻小说示唐）你看这本书还是你寄给大姊的，大姊不喜欢，我就捡来看……

　　唐　大姊不喜欢小说，是不是？我本就不预备她会看的，我想也许有别人爱看！

文　琪　（老实底）谁？（又猜想着）

　　唐　（默然，只是抽着烟走到矮榻前，预备舒服的坐下，忽然触到毛织物，跳起，转身将许多针线移开）好家伙，这儿创作品可真不少呀！

文　琪　（吓一跳，笑着，起来走过去）对不起，对不起，这都是姊姊们的创作，扔在这儿的！我来替你收拾开点，（由唐手里取下织成一半的毛衣，提得高高的）你看这是三姊的，织了滑冰穿的，人尽管普罗，毛衣还是得穿呀！（比在自己身上）你看，这颜色不能算太"布而乔雅"吧？（顽皮得高兴）

唐　（又检起一件大红绒的东西）

文　琪　（抢过在手里）这是大姊的宝贝，风头的东西，你看，（披红衣在肩上，在房里旋转）我找镜子看看……

〔大小姐文娟同张爱珠，热闹的一同走入。文娟是个美丽的小姐，身材长条，走起路来非常好看，眉目秀整，但不知什么缘故，总像在不耐烦谁，所以习惯于锁起眉尖，叫人家有点儿怕她，又不知道什么时候得罪了她似的，怪难过的。张爱珠，眯着的眼里有许多讲究，她会笑极了，可是总笑得那么不必需，这会子就显然在热闹的笑，声音吱吱喳喳的在说一些高兴的话。〕

文　娟　（沉默底，冷冷底望着文琪）这是干么呀？

文　琪　（毫不在意的笑笑底说）谁叫你们把活全放开着就走了？人家元哥没有地方坐，我才来替你们来收拾收拾。

张爱珠　Mr唐等急了吧，别怪文娟，都是我不好……（到窗前拢头发抹口唇）

唐　（局促不安）我也刚来。（到炉边烤火）

文　娟　（又是冷冷的一望）刚来？（看地上花生，微怒）

词语在线

局促:①狭小。②（时间）短促。③拘谨不自然。

谁这样把花生弄得满地？！（向老四）屋子乱，你干么不叫梅真来收拾呢？你把她给惯得越不成样子了！

文　琪　（好脾气的陪笑着）别发气，别发气，我来当丫头好了。（要把各处零碎收拾起来）

文　娟　谁又发气？更不用你来当丫头呀！（按电铃）爱珠，对不起呵，屋子这么乱！

爱　珠　你真爱清楚，人要好看，她什么都爱好看。（笑眯眯的向唐）是不是？

〔梅真入。〕

梅　大小姐回来啦？

文　娟　回来了，就不回来，你也可以收拾，收拾这屋子的！你看看这屋子像个什么样子？

梅　（偷偷同老四做脸，老四作将笑状手掩住口）我刚来过了，看见唐先生来了，就急着去弄点心去。

文　娟　我说收拾屋子就是收拾屋子，别拉到点心上。

梅　（撅着嘴）是啦，是啦。（望前伸着手）您的外套脱不脱？要脱就给我吧，我好给挂起来，回头在椅子上堆着也是个不清楚不是？

文　娟　（生气的脱下外套交梅）拿去吧，快开点心！

梅　（偏不理会底走到爱珠前面）张小姐您的也脱吧，我好一起挂起来。

爱　珠　（脱下外套交梅）

梅　（半顽皮的向老四）四小姐，您受累了，回头我来检吧。（又同老四挤了挤眼，便捧着一堆外套出去）

唐　（由炉边过来摩擦着手大声的笑）这丫头好厉害！

文　娟　（生气底）这怎么讲！

唐　没有怎样讲，我就是说她好厉害。

文　娟　这又有什么好笑？本来都是四妹给惯出来的好样子，来了客，梅真还是这样没规没矩的。

唐　别怪四妹，更别怪梅真，这本来有点难为情，这时代还叫人做丫头，做主人的也不好意思，既然从小就让人家上学受相当教育，你就不能对待她像对待底下人老妈子一样！

文　娟　（羞愤）谁对待她同老妈子一样了，既是丫头，就是进了学，念了一点书，在家里也还该做点事呀，并且妈妈早就给她月费的。

唐　问题不在做事上边，做事她一定做的，问题是在你怎样叫她做事……口气，态度，怎样的叫她不……不觉得……

爱　珠　（好笑的向文娟）Mr 唐有的是书生的牢骚……她就不知道人家多为难，你们这梅真有时真气人透了……Mr 唐，你刚从外国回来有好些个思想，都太理想了，在中国就合不上。

文　娟　（半天不响才冷冷底说）人家热心社会上被压迫的人，不好么？……可是我可真不知道谁能压迫梅真？我们不被她欺侮压迫就算很便宜啰，那家伙……尽借着她那地位来打动许多人的同情！遇着文霞我们的那位热心普罗的三小姐更不得了……

爱　珠　其实丫头还是丫头脾气，现在她已经到了岁数，——他们从前都说丫头到了要出嫁的岁数，顶难使唤的了，原来真有点那么一回事！我妈说……（吃吃笑）

文　琪　（从旁忽然插嘴）别缺德呀！

文　娟　你看多奇怪，四妹这护丫头的劲儿！

〔门开处黄仲维笑着捧一大托盘茶点入，梅真随在后面无奈何他，黄年青，活泼，顽皮，身着洋服内衬花毛线衣，健康得像运动家，可是头发蓬松一点有一副特别灵敏的眼睛，脸上活动的表情表示他并不是完全的好脾气，心绪恶劣时可以发很大的脾气，发完又可以自己懊悔。就因为这一点许多女孩子本来可以同他恋爱的倒有点怕他，这一点也就保护着他不成为模范情人。此刻他高兴底胡闹底走入他已颇熟识的小书房。〕

✎ 词语在线

恶劣：形容很坏。

黄　给你们送点心来了！（四顾）大小姐，四小姐，张小姐，唐先生，您们大家好！（手中捧盘问梅真）这个放那儿呀？

梅　你看，不会做事可偏要抢着做！（指小圆桌）哪，放这儿吧！

文　娟　（皱眉对梅）梅真规矩点，好不好？

梅　（撅起嘴，不平底）人家黄先生愿意拿，闹着玩又有什么要紧？

爱　珠　（作讨厌梅真样子转向黄）仲维，你来的真巧，我们正在讨论改良社会，解放婢女问题呢。

黄　讨论什么？（放下茶盘）什么问题？

爱　珠　解放婢女问题。

梅　（如被刺，问张）张小姐，您等一等，这么好的题目，等我走了再讨论吧，我在这儿，回头妨碍您的思想！（急速转身出）

唐
黄　（呈不安状，交换皱眉）（咳嗽要说话又不说）梅真生气了。

文　琪　你能怪她么？

文　娟　生气让她生气好了。

爱　珠　我的话又有什么要紧，"解放婢女问题"，作婢女的听见了又怎样？我们不还说"解放妇女"么？我们做妇女听见难道也就该生气么？

文　琪　（不理张）我们吃点心吃点心！仲维，都是你不好，无端端惹出是非来！

黄　真对不起！（看大小姐，生气底）谁想到你们这儿规矩这么大？！我看，我看，（气急底）梅真也真……倒……

文　琪　（搁住黄的话）别说啦，做丫头当然倒霉啦！

黄　那，你们不会不要让她当丫头么？

文　琪　别说孩子话啦——吃点心吧！

文　娟　（冷笑的）你来做主吧！

黄　（不理大小姐向文琪）怎样是孩子话？

唐　（调了嗓子，低声的）文琪的意思是：这不在口里说让不让她当丫头的问题。问题在：只要梅真在她们家，就是不拿她当丫头看待，她也还是一个丫头，因为名义上实际上，什么别的都不是！又不是小姐，又不是客人，又不是亲戚……

文　琪　（惊异底望元澜，想起自己同梅谈过的话）元哥，你既然知道得这么清楚，你看梅真这样有什么办法？

唐　有什么办法？（稍停）也许只有一个办法，让她走，离开你们家，忘掉你们，上学去，让她到别处去做事——顶多你们从旁帮她一点忙——什么都行，就是得走。

文　娟　又一个会作主的——这会连办法都有了，我看索性把梅真托给你照应得了，元澜，你还可以叫她替你的报纸办个社会服务部。

文　琪　吃点心吧，别抬杠了！（倒茶）仲维，把这杯给爱珠，这杯给大姊。

〔大家吃点心。〕

唐　（从容底仍向娟）人家不能替你作主，反正早晚你们还是得那样办，你还是得让她走，她不能老在你们这里的。

文　娟　当然不能！

文　琪　元哥，你知道梅真自己也这样想，我也……

文　娟　老四，梅真同你说过她要走么？

文　琪　不是说要走，就是谈起来，她觉得她应该走。

文　娟　我早知道她没有良心，我们待她真够好的了，从小她穿的住的都跟我们一样，小的时候太小，又没有做事，后来就上学，现在虽然做点事，也还拿薪水呀！元澜根本就不知道这些情形。……元澜，你去问你刘姨嬷，你还问她，从前奶奶在的时候，梅真多叫老太太生气，刘姨嬷知道。

唐　这些都是不相干的，一个人总有做人的，的——的 Pride 呀。谁愿意做，做……哪，刚才爱珠说的："婢女"呀！管你给多少薪水！

爱　珠　（检起未完毛线衣织，没有说话，此刻起立）文娟，别吵了，我问你，昨天那件衣料在那儿？去拿给我看看，好不好？

文　娟　好，等我喝完这口茶，你到我屋子比比，我真想把它换掉。

爱　珠　（又眯着眼笑）别换了，要来不及做了，下礼拜小陆请你跳舞不是？别换了吧。

娟　你不知道，就差那一点就顶不时髦顶不对劲了。小陆眼睛尖极了。

黄　（吃完坐在沙发看杂志，忽然插嘴）什么时髦不时髦的，怎样算是对劲，怎样算是不对劲？

唐　（望望文娟无语，听到黄说话，兴趣起来，把杯子放下听，拿起一块蛋糕走到角落要倚着书架）

爱　珠　你是美术家，你不知道么？

文　琪　（轻声亲热底逗黄）碰了一鼻子灰了吧?

唐　（无聊的忽走过，俯身由地上检拾一个花生吃）

黄　（看见）这倒不错，满地上有吃的呀，（亦起俯身检一粒）怎么，我检的只是空壳。（又俯身检寻）

文　琪　你知道这花生那里来的？

黄　不知道。

文　琪　（凑近黄耳朵）梅真赌来的！

文　娟　（收拾椅上活计东西要走，听见回头问）那儿来的？

〔唐黄同文琪都笑着不敢答应。〕

黄　（忽然顽皮的）有人赌来的！

文　娟　什么？

文　琪　（急）没有什么，别听他的，（向黄）再闹我生气了。

文　娟　（无聊的起来）爱珠，上我屋来，我给你那料子看吧。（向大家）对不起呀，我们去一会就来，反正看电影时间还早呢，老三也没有回来。

爱　珠　（提着毛织物，咭咭呱呱的）你看这件花样顶难织了，我……（随娟出）

〔文娟同爱珠同下。〕

唐　哎呀，我都忘了约好今天看电影，还好，我来了！我是以为二弟今天回来，我来找他有事！（无聊的坐下看报）

黄　（直爽的）我没有被请呀，糟糕，我走吧。（眼

名师点评

黄仲维的性格直爽，跟大部分人都能很好得相处。

望着文琪）

文　琪　别走，别走，我们还有事托你呢，我们要找你画点新派的画来点缀这个屋子。

黄　（莫明其妙的）什么？

文　琪　我们后天晚上请客，要把这屋子腾出来作休息室，梅真出个好主意，她说把它变成未来派的味儿，给人抽烟说话用。我们要你帮忙。（唐在旁听得很有兴趣，放报纸在膝上）

黄　（抓头）后天晚上，好家伙！

〔门忽然开了，李琼走了进来。〕

琼　（妈妈的颜色不同平常那样温和，声音也急促点）老四你在这儿，我问你，你们干么又同梅真过不去呀？大年下的！

🖊 词语在线

过不去：
①有阻碍，通
不过。②为难。
③过意不去；
抱歉。

文　琪　我没有……

唐　　　　　 表姑。
　　（同时的）
黄　　　　　 伯母。

琼　来了一会儿，对不起，我要问老四两句话。

文　琪　妈，妈别问我，妈知道大姊的脾气的，今天可是张爱珠诚心同梅真过不去！爱珠实在有点儿太难。

琼　（坐下叹口气）我真不知怎么办好！梅真真是聪明，岁数也大了，现在我们这儿又不能按老规矩办事，现在叫她上那儿去好，送她到那儿去我也不放心，老实说也有点舍不得。你们姊儿们偏常闹到人家哭哭啼啼的，叫我没有主意！

文　琪　不要紧，妈别着急，我去劝劝她去好不好？

黄　对了，你去劝劝她，刚才都是我不好。

琼　她赌气到对门陈家去了，我看那个陈太太对她很有点不怀好意。

文　琪　（张大了眼）怎么样不怀好意，妈？

琼　左不是她那抽大烟的兄弟！那陈先生也是鬼头鬼脑的……得了，你们小孩子那里懂这些事？梅真那么聪明人，也还不懂得那些人的<u>用心</u>。

唐　那老陈不是吞过公款被人控告过的么？

琼　可不是？可是后来，找个律师花点钱，事情麻麻糊糊也就压下来了：近来又莫明其妙的很活动，谁知道又在那里活动些甚么。一个年顶轻的少奶奶，人倒顶好，所以梅真也就常去找她玩，不过，我总觉得不妥当，所以她一到那边我就叫人叫她回来，我也没告诉过梅真那些复杂情形……（稍停，向文琪）老四你现在就过去一趟，好说坏说把梅真劝回来罢！

文　琪　好吧，我，我就去。（望黄）

黄　我送你过去。

〔文琪取壁上外衣，黄替她穿上。〕

文　琪　妈，我走啦。元哥一会见。

黄　（向唐招呼底摆摆手）好，再见。

📝 **词语在线**

用心：怀着某种念头。

〔两人下。〕

唐　（取烟盒递给李琼）表姑抽烟不？

琼　（摇摇头）不是我偏心，老四这孩子顶厚道。

唐　我知道，表姑，文琪是个好孩子。（自己取烟点上俯倚对面椅背上）

琼　元澜，我是很疼娟娟的，可是老实说，她自小就有脾气。你知道，她既不是我生的，有时使我很为难……小的时候，说她有时她不听，打她太难为情，尤其是她的祖母很多心，所以我也就有点惯了她。现在你回来了……

唐　（忽起立，将烟在火炉边打下烟灰，要说话又停下）

琼　（犹疑的）你们的事快了吧？

唐　（抬头很为难的说）我觉得我们这事……

琼　我希望你劝劝娟娟，想个什么法子弄得她对生活感觉满足……我知道她近来有点脾气，不过她很佩服你，你的话她很肯听的，你得知道她自己总觉得没有嬷有点委曲。

唐　我真不知道怎样对表姑说才好，我也不知道应该不应该这样说：我——我觉得这事真有点叫人难为情。当初那种办法我本人就没有赞成，都是刘姨嬷一个人弄的。后来我在外国写许多信，告诉他们同表姑说，从前办法太滑稽，不能正式算什么，更不能因此束缚住娟娟的婚姻。我根本不知道，原来刘姨嬷就一字没有提过，反倒使亲亲戚戚都以为我们已经正式订了婚。

琼　我全明白你的意思，当时我也疑心是你刘姨嬷弄的事。你也得知道我所处地位难，你是我的表侄，娟娟都又不是我亲生的，娟娟的伯父又守旧，在他眼里连你在外国的期间的长短好像我都应该干涉，更不要说其他！当时我就是知道你们没有正式订了婚，我也不能说。

唐　所以现在真是为难！我老实说我根本对娟娟没有求婚的意思。如果当时，我常来这里，那是因为……（改过语气）表姑也知道那本不应该就认为有什么特殊的意义。我们是表兄妹，当时我就请娟娟一块出去玩几趟又能算什么？

琼　都是你那刘姨嬷慌慌张张的跑去同娟娟的伯嬷讲了一堆，我当时也就觉得那样不妥当——这种事当然不能勉强的。不过我也要告诉你，我觉得娟娟很见得你好，这次你回来，我知道她很开心，你们再在一起玩玩熟了，也许就更知道对方的好处。

唐　（急）表姑不知道，这事当初就是我太不注意了，让刘姨嬷弄出那么一个误会的局面，现在我不能不早点表白我的态度，不然我更对娟娟不起了。

琼　（一惊）你对娟娟已说过了什么话么？

唐　还没有！我觉着困难，所以始终还没有打开窗子说亮话。为了这个事，我真很着急，我希望二弟快回来，也就是为着这个缘故。我老实说，我是来找梅真的，我喜欢梅真……

琼　梅真？你说你……

文琪　（推门入）妈妈，我把梅真找了回来，现在仲维要请我同梅真看电影去，我们也不回来吃饭了！（向唐）元哥，我不同你们一块看电影了，你们提另去吧，劳驾你告诉大姊一声。

〔琪匆匆下。唐失望的怔着。〕

琼 （看文琪微笑）这时期年龄最快活不过，我喜欢孩子们天真烂漫，混沌一点……

文娟 （进房向里来）妈妈在这儿说话呀？老四呢？仲维呢？

琼 （温和的）他们疯疯颠颠跑出去玩去了。

文娟 爱珠也走了，现在老三回来了没有？

琼 老三今早说今天有会，到晚上才能回来的。

娟 （向唐半嘲的口吻）那么只剩了我们俩了，你还看不看电影？

琼 （焦虑底望着唐，希望他肯去）今天电影还不错呢，你们去吧。

唐 表姑也去看么？我，我倒……

琼 我有点头痛不去了，（着重底）你们去吧，别管我，我还有许多事呢，（琼急起到门边）元澜，回头还回来这里吃晚饭吧。

〔琼下。〕

〔文娟直立房中间睨唐，唐娟无可奈何的对望着。〕

文　娟　怎样？

　　唐　怎样？

〔幕下〕

第二幕

出台人物（按出台先后）

　　　　电灯匠　老孙

　　　　宋　雄　电料行掌柜（二十七八壮年人）

　　　　梅　真　李家丫头（曾在第一幕出台）

　　　　李大太太　李琼夫嫂

　　　　四小姐　李文琪（曾出台）

　　　　黄仲维　研究史学喜绘画的青年（曾出台）

　　　　荣　升　仆人（曾出台）

　　　　唐元澜　从国外回来年较长的留学生（曾出台）

　　　　三小姐　李文霞

　　　　大小姐　李文娟（李前妻所出，非李琼女）（曾出台）

地　　点　三小姐，四小姐共用的书房

时　　间　过了两天以后

同一个书房过了两天的早上。家具一切全移动了一些位置，秩序显然纷乱，所谓未来派的吃烟室尚在创造中，天下混沌，玄黄未定。地上有各种东西，墙边放着小木梯架。小圆桌子推在台的一边，微微偏左，上面放着几副铜烛台，一些未插的红蜡。一个很大的纸屏风上面画了一些颜色鲜浓，而题材不甚明了的新派画；沙发上堆着各种靠背，前面提旁放着一张画，也是怪诞叫人注目的作品。

词语在线

怪诞：荒诞离奇；古怪。

〔幕开时，电灯工匠由梯子上下来，手里拿着电线，身上佩着装机械器具的口袋。宋雄背着手立着看电灯。

宋雄是由机器匠而升作年轻掌柜的人物，读过点书，吃过许多苦，因为机会同自己会利用这机会的麻俐处，卒成功的支持着一个小小专卖电料零件的铺子。他的体格大方眉目整齐，虽然在装扮上显然俗些。头发梳得油光，身上短装用的是黑色绸料，上身夹袄胸上挖出小口袋，金表链由口袋上口牵到胸前扣绊上。椅上放着黑呢旧外衣，一条花围巾，一副皮手套。〕

宋　饭厅里还要安一些灯，加两个插销。电线不够了吧？

工　匠　（看电线）剩不多了！要么，我再回柜上拿一趟去！

宋　不用，不用，我给柜上打个电话，叫小徒弟送来。你先去饭厅安那些灯口子。

工　匠　劳驾您告诉老张再给送把小解锥来，（把手里解锥一晃）这把真不得使。（要走又回头）我说掌柜的，今日我们还有两处的"活"答应人家要去的，这儿这事挺麻烦的，早

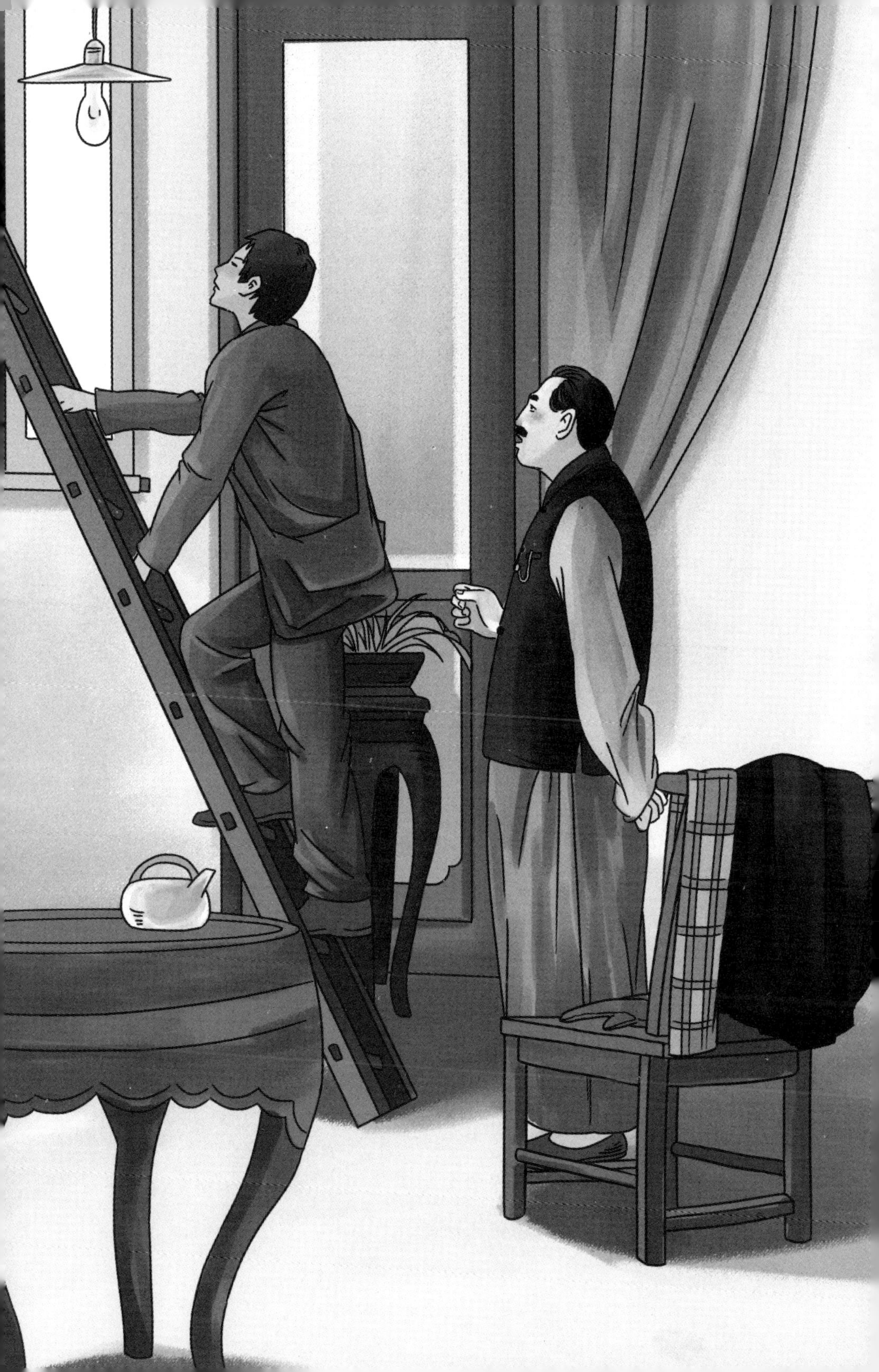

上要完不了怎么办？（缠上剩下的电线）

宋　（挥手）你赶着做，中饭以前非完不行。我答应好这儿的二太太，不耽误他们开饭。别处有活没有活，我也不能管了！

工匠　掌柜的，您真是死心眼，这些活今日就自己来这一早上！

宋　老孙，我别处可以不死心眼，这李家的事，我可不能不死心眼！好！我打十四岁就跟这儿李家二爷在电灯厂里做事，没有二爷，好！说不定我还在那倒霉地方磨着！二爷是个工程师，他把我找去到他那小试验所里去学习，好，那二爷脾气模样就有像这儿的三小姐，他可真是好人，今日太太还跟我提起，我们就说笑，我说，要是三小姐穿上二爷衣服，不仔细看，谁也以为是二爷。

工匠　那位高个子的小姐么？好，那小姐脾气可有呀，今日就这一早上，我可就碰着一大堆钉子了。

宋　（笑）你说的管莫是大小姐！好，她可有脾气！（低声）她不是这位二太太生的。（急回头看）得了，去你的吧，快做活，我可答应下中饭以前完事，你给我尽着做，我给你去打电话。

〔工匠下。〕

〔宋拿起外衣围巾要走，忽见耳机，又放下衣服走到书桌边，拿起耳机，插入插销试电话。〕

宋　（频回头看看有没有人）喂，东局五〇二七，喂，你老张呀？我是掌柜的，我在李宅，喂，我说呀，老孙叫你再叫小徒弟骑车送点电线来，再带一把好的解锥来，说是呢！他说他那一把不得使，……谁知道？……老孙就那脾气！我说呀，你给送一把来得了，什么？那家又来催？你就说今日柜上没有人，抓不着工夫，那什么法子！好吧再见啦。（望着门）

〔梅真捧铜蜡台入，放小圆桌上，望宋，宋急拔耳机走近梅。〕

宋　（笑声）梅姊，您这两日忙得可以的？（注视梅不动）

梅　倒挺热闹的，（由地下拿起擦铜油破布擦烛台，频以口呵气）怎么了，小宋你们还不赶着点，仅摆着下去，就要开饭了，饭厅里怎么办？说不定我可要挨说了！（看宋）

宋　（急）我可不能叫你挨说，我已经催着老孙赶着做，那老孙又偏嫌他那解锥不得使，我又打了电话到柜上要去，还要了电线，叫人骑车送来，这不都是赶着做么？

梅　只要中饭以前饭厅里能完事，我就不管了。你还不快去？瞧着点你那老孙！别因为他的解锥不得使，回头叫人家都听话。你可答应太太中饭以前准完事的！

宋　梅姊，你……你可……你可记得我上次提过的那话？

梅　（惊讶的）什么话？噢，那个，得了，小宋，人家这儿忙得这样子，你还说这些？

宋　你……你答应我到年底再说不是？……

名师点评

从宋雄的举动可以看出，他总是格外关注梅真，这是为什么呢？此处引发读者思考。

梅　一年还没有过完呢！我告诉你吧小宋，我这个人没有什么用处，又尽是些脾气，干脆最好你别再来找我，别让我耽搁你的事情，……

宋　我，我就等着你回话……你一答应了，我就跟李太太说去。

梅　我就没有回话给你。

宋　梅……梅姊，你别这样子，我这两年辛辛苦苦弄出这么一个小电料行不容易，你得知道，我心里就盼着那一天你肯跟我一块过日子，我能不委曲你。

梅　得了你别说了。

宋　我当时也知道你在这里同小姐似的讲究，读的书还比我多，说不定你瞧不上我，可是现在，我也是个掌柜的，管他大或小，铺子是我自己办的，七八个伙计，（露出骄傲颜色）再怎样，也用不着你动手再做粗的，我也能让你享点福，贴贴实实过好日子，除非你愿意帮着柜上管管账簿，开开清单。

梅　（怜悯的）不是我不知道你能干。三年的工夫你弄出那么一个铺子来，实在不容易！……

宋　（得意的忸怩的）现在你知道了你可要来，我准不能叫你怎样，……我不能丢你的脸。

梅　（急）小宋，你可别这样说，出嫁不是要体面的事，你说得这贫劲儿的！我告诉你什么事都要心愿意才行，你就别再同我提这些事才好，我这个人于你不合适,回头耽搁了你的事。

宋　我，……我，……我真心要你答应我。

梅　（苦笑）我知道你真心，可是单是你真心不行，我告诉你，我答应不出来！

宋　你，你管莫嫌我穷！我知道我的电料行还够不上你正眼瞧的……

梅　（生气）我告诉你别说得这么贫！谁这么<u>势利</u>？我好意同你说，这种事得打心里愿意才行。我心里没有意思，我怎样答应你？

宋　你……你你不是不愿意吧？（把头弄得低低的，担心的迸出这句疑问，又怕梅真回答他）

梅　（怜悯的）……不……不是不愿意，是没有这意思，根本没有这意思！我这个人就这脾气，我，我这个人不好，所以你就别找我最好，至少今天快别提这个了，我们这儿都忙，回头耽误了小姐们的事不好。

宋　（低头弄上围巾，至此叹口气围在项上，披着青呢旧大衣由旁门出）好吧，我今日不再麻烦你了，可是年过完了你可还得给我一个回话。

〔宋下。〕

梅　（看宋走出自语）这家伙！这死心眼真要命，用在我身上可真是冤透了，（呵铜器仍继续擦）看他讨厌又有点可怜！（叹息）那心用在我身上，真冤！<u>我是命里铸定该吃苦，上吊，跳河的！怎么做电料行的掌柜娘，（发愍笑）电料行的掌柜娘！</u>（忽伏在桌上哭）

〔门开处大太太咳嗽着走入。她是个矮个子，五十来岁瘦小妇人，眼睛小小的，到处张望，样子既不庄严，说话也总像背地里偷说的口气。〕

梅 （惊讶的抬头去后望，急急立起来）大太太是您，来看热闹？这屋子还没有收拾完呢。

大 太 （望屏风）这是什么东西——这怪里怪气的？

梅 就是屏风。

大 太 什么屏风这怪样子？

梅 （笑笑）我也不知道。

大 太 我看二太太真惯孩子，一个二个大了都这么疯！二老爷又不在世了，谁能说他们！今天晚上请多少客，到底？

梅 我也不知道，反正都是几位小姐的同学。

大 太 在大客厅里跳舞吗？（好奇的）

梅 对了！（又好笑又不耐烦）

大 太 吃饭在那儿呢？

梅 就在大饭厅里啰。（好笑）

大 太 坐得下那些人吗？

梅 分三次吃，有不坐下的站着吃……

大 太 什么叫做新，我真不懂这些事，（提起这个那个的看）女孩子家疯天倒地的交许多朋友，一会儿学生开会啦，请愿啦，出去让巡警打个半死半活的啦！一会儿又请朋友啦，跳舞啦，一对对男男女女这么拉着搂着跳，多么不好看呀？怪不得大老爷生气常说二太太不好好管孩子！梅真，我告诉你，我们记住自己是个丫头，别跟着她们学！赶明日好找婆婆家。

梅　（又好笑又生气的逗大太太）您放心，我不会嫁的，我就在这儿家里当一辈子老丫头！

大太　（凑近了来，鬼鬼祟祟的）你不要着急，你多过来我院里，我给你想法子。（手比着）那天陈太太，人家还来同我打听你呢。别家我不知道，陈家有钱可瞒不了我！……陈太太娘家姓丁的阔气更不用说啦！

梅　（发气脸有点青）您告诉我陈家丁家有钱做什么？

大太　你自己想吧，傻孩子，人家陈太太说不定看上了你！

梅　（气极竭力忍耐）陈太太，她——她看上了我干吗？！

大太　（更凑近，做神秘的样子）我告诉你……

梅　（退却不愿听）大太太，您别——别告诉我什么……

大太　（更凑近）你听着，陈太太告诉过我她那兄弟丁家三爷，常提到你好，三奶奶又没有男孩子，三爷很急着……

梅　（回头向门跑）大太太，您别说这些话，我不能听……

〔仲维同文琪笑着进来，同梅真闯个满怀。〕

琪　（奇怪的）梅真怎么了，什么事，这样忙？

梅　我——我到饭厅去拿点东西……

〔梅急下。〕

琪　（仍然莫明其妙的）伯嬷，您来有事么？

大　太　（为难）没有什么事，……就找梅真……就来这里看看。

琪　（指仲维）这是黄先生，（指大太太）仲维，这是我的伯嬷。

黄　我们那一天吃饭时候见过。（致意）

大　太　我倒不大认得，现在小姐们的朋友真多，来来往往的……

琪　（做鬼脸向黄，又对大太太）怪不得您认不得！（故作正经的）我的朋友，尤其是男朋友，就够二三十位！来来往往的，——今天这一个来，明天那一个来！……

黄　（亦做鬼脸，背着大太太用手指频指着琪）可是你伯嬷准认得我，因为每次你那些朋友排着队来，都是我领头，我好比是个总队长！

大　太　（莫明其妙的）怎么排队来法子？我不记得谁排队来过！

黄　（同时忍住笑）您没有看见过？

琪　（同时忍住笑）下回我叫他们由您窗口走过……好让大伯伯也看看热闹。

大　太　（急摇手）不要吧，老四，你不知道你的大伯伯的脾气？

黄
琪　（忍不住对笑）

大　太　你们笑什么？

　琪　没有什么。

大　太　（叹口气）我走了，你们这里东西都是奇奇怪怪的，我看不出有什么好看！今早上也不知道是谁把客厅那对湘绣风景镜框子给取下了，你嬷说是交给我收起来……我，我就收起来，赶明儿给大姊陪嫁，那本来是你奶奶的东西！

黄
琪　（又忍住笑）
　　那对风景两面一样，一边挂一个，
　　真是好东西！
　　对了，您收着给大姊摆新房吧，那西湖风景，又是月亮又是水的，太好看了，我们回头把它给糟蹋了太可惜！

〔荣升入。〕

　宋　大太太在这屋子么？

大　太　在这屋子。什么事？

　宋　对门陈太太过来了，在您屋子里坐，请您过去呢。

大　太　（慌张）噢，我就来，就来……

〔大太太下，黄同琪放声的笑出来。〕

　宋　（半自语）我说是大太太许在这屋子里，问梅真，她总不答应，偏说不知道，害得我这找劲儿的！……

〔荣下。〕

琪　对门陈太太，她跑来做什么？那家伙，准有什么鬼主意！

黄　许是好奇也来看你们的热闹。谁让你们请跳舞，这事太新鲜，你不能怪人家不好奇，想来看看我们都是怎样的怪法子！

琪　（疑惑的）也许吧……还许是为梅真，你听伯嬷说她来没有？嘿！……得了，不说了，我们先挂画吧。回头我一定得告诉妈去！

黄　对了来挂吧，（取起地上画，又搬梯子把梯架两腿支开放好）文琪，我上去，你替我扶着一点，这梯子好像不大结实。（慢慢上梯子）

琪　（扶住梯子，仰脸望）你带了钉子没有？

黄　带了，（把画比在墙上）你看挂在这里行不行？

琪　你等等唔，我到那一边看看。（走过一边）行了，不不……再低一点……好了，就这样。（又跑到梯下扶着）

黄　（用锤子刚敲钉子）我钉啦！

琪　你等等！（又跑到一边望）不，不，再高一点！

黄　一会儿低，一会儿高，你可拿定了你的主意呀！

琪　你这个人什么都可以，就是这性急真叫人怕你！

黄　（钉画，笑）你怕我吗？

琪　（急）我可不怕你！

黄　（钉完画由梯上转回头）为什么呢？

琪　因为我想我知道你。

黄　（高兴的转身坐梯上）真的？

琪　（仰着脸笑）好，你还以为你自己是那么难懂的

人呀？

黄　（默望底下楞楞的注视琪，不说话，只吹口哨）

琪　你这是干吗呀？（用手轻摇梯身）

黄　别摇，别摇，等我告诉你。

琪　快说，不然就快下来！

黄　自从有了所谓新派画，或是立体派画，他们最重

要的贡献是什么？

琪　我可不知道！（咕噜着）我又不学历史，又不会

画画！

黄　得了别说了，我告诉你，立体画最重要的贡献，

大概是发现了新角度！这新角度的透视真把我们本来四方八正

的世界——也可以说是宇宙——推广了变大了好几倍。

琪　你讲些什么呀？

黄　（笑）我在讲角度的透视。它把我们日常的世界

推广了好几倍！你知道的，现代的画！乃至于现代的照相——

都是由这新角度出发！一个东西，不止可以从一面正正的看它，

你也可以从上，从下，斜着，躺着或是倒着，看它！

名师点评

黄仲维的动作展现了他现在纷乱的心绪，这种心绪推动着情节向前发展。

词语在线

透视：①用线条或色彩在平面上表现立体空间的方法。②利用 X 射线透过人体在荧光屏上所形成的影像观察人体内部。③比喻清楚地看到事物的本质。

琪　你到底要说什么呀？

黄　我就说这个！新角度的透视。为了这新角度，我们的世界，乃至于宇宙，忽然扩大了，变成许多世界，许多宇宙。

琪　许多宇宙这话似乎有点不通！

黄　此刻我的宇宙外就多了一个宇宙，我的世界外又多出一个世界，我认识的你以外又多了一个你！

琪　（恍然悟了黄在说她）得了，快别胡说一气的了！

黄　我的意思是：我认识的你以外，我又多认识了一个你——一个从梯子上望下看到的，从梯子下望上望着的李文琪！

✐ 词语在线

瞎扯：没有重点地乱说；没有根据地乱说。

琪　（不好意思）你别神经病地瞎扯吧！

黄　（望琪）我顶正经的说话，你怎么不信！

琪　我信了就怎样？（顽皮的）你知道这宇宙以外，根本经不起再多出一个，从梯子上望下看到的，从梯子下望上望的李文琪所看到的，坐在梯子顶上说疯话的黄仲维！（仰脸大笑）

黄　你看，你看，我真希望你自己此刻能从这儿看看你自己，（兴奋）那一天我要这样替你画一张相！

琪　你画好了末，闹什么劲儿？下来吧。

黄　说起来容易。我眼高手低，就没有这个本领画这样一张的你！要有这个本领，我早不是这么一个空想空说的小疯子了！

琪　你就该是个大疯子了么？

黄　可不？对宇宙，对我自己的那许多世界，我便是真能负得起一点责任的大疯子了！

琪　快下来吧，黄大疯子，不然，我不管替你扶住梯子了！

黄　（转身预备下来，却轻轻的说）文琪，如果我咬定了你这句话的象征意义，你怎样说？（下到地上望琪）

琪　什么象征意义？

黄　（拉住文琪两手，对面望住她）不管我是大疯子小疯子，在梯子顶上幻想着创造什么世界，你都替我扶住梯子，别让我摔下去，行不行？

琪　（好脾气地，同时又刺讽地）什么时候你变成一个诗人？

黄　（放下双手丧气地坐在梯子最下一级上）你别取笑我，好不好？……你是个聪明人，世界上最残忍的事就是一个聪明人笑笨人！（抬头向文琪苦笑）有时候，你弄得我真觉到自己一点出息都没有！（由口袋里掏出烟，垂头叹气）

琪　（感动，不过意的凑近黄，半跪在梯边向黄柔声问）仲维，你，你看我像不像一个刻薄人！

黄　（迷惑的抓头）你？你，一个刻薄人？文琪，你怎么问这个？你别这样为难我了，小姐！你知道我不会……不会说话……简直的不会说！

琪　不会说话，就别说了，不好么？（起立）

黄　（亦起立抓过文琪肩膀摇着它）你这个人！真气死

名师点评

黄仲维是个研究史学、喜绘画的青年，所以他隐晦的告白也充满了文艺色彩。

我！你你……你不知道我要告诉你什么？

琪 （逗黄又有点害怕）我，我不知道！（摆脱黄抓住她的手）

黄 （追琪）你……你把你耳朵拿过来，我非要告诉你不可——今天！

琪 （顽皮的歪着把耳朵稍凑近）哪……我可有点聋！

黄 （捉住琪的脸，向她耳边大声的）我爱你，知道吗，文琪？你知道我不会说话……

琪 （努着嘴红着脸说不出话半天）那——那就怎么样呢？（两手掩面笑，要跑）

黄 （捉住琪要放下她两手）怎样？看我……琪看我，我问你……别这样蹩纽吧！（从后面揽住文琪）我问你，老四，你……你呢？

琪 （放下手转脸望黄，摇了一下头发微笑）我——我只有一点儿糊涂！

黄 （高兴地）老四！你真……真……噢，（把琪的脸藏在自己的胸前感伤的吻文琪发）你，你弄得我不止有一点儿糊涂了怎么好？小四！

琪 （伏在黄胸前憨笑）仲维，我有一点想哭。（抽咽着又像是笑声）

〔门开处唐元澜忽然闯入房里。〕

唐　今日这儿怎么了？！（忽见黄琪两人，一惊）对不起，太高兴了忘了打门！

黄
琪　（同时转身望唐，难为情的相对一笑）

琪　（摇一摇头发，顽皮倔强的）打不打门有什么关系？那么洋派干吗？

唐　（逗文琪）我才不知道刚才谁那么洋派来着，好在是我，不是你的大伯伯！

琪　（憨笑）元哥，你越变越坏了！（看黄微笑）

唐　可不是？（忽然正经的）顶坏的还在后边，你们等着看吧！文琪，你二哥什么时候到？

黄　（看表）十一点一刻。

唐　为什么又改晚了一趟车？

琪　我也纳闷呢，从前，他一放假总急着要回家来，这半年他怎么变了，老像推延着，故意要晚点回来似的。

唐　（看墙上画同屏风）仲维，这些什么时候画的？

黄　画的？简直是瞎涂的，昨天我弄到半晚上才睡！

唐　那是甜的苦工，越作越不累，是不是？

〔梅真入，仍恢复平时活泼。〕

梅　（望望画望黄同琪）你们就挂了这么一张画？

琪　可不？还挂几张？

词语在线

推延：推迟的意思。

黄　挂上一张就很不错了！

唐　你不知道，梅真，你不知道一张画好不容易挂呢！
（望琪）

梅　（看看各人）唐先生您来的真早！您不是说早来帮忙么？

唐　谁能有黄先生那么勤快，半夜里起来做苦工！

黄　老唐，今日起你小心我！

梅　（望两人不懂）得了，你们别吵了，唐先生，现在该轮到您赶点活了，（手里举着一堆小白片子）您看，这堆片子本来是请您给写一写的。（放小桌上）

唐　（到小桌边看）这些不都写好了么？

梅　可不？（淘气的）要都等着人，这些事什么时候才完呀？四小姐，你看看这一屋子这么好？

名师点评

这里对文霞进行了简要的介绍，让读者能更快了解人物。

〔三小姐文霞跑进来。文霞穿蓝布夹袍，素静像母亲，但健硕比母亲高。她虽是巾帼而有须眉气概的人，天真稚气却亦不减文琪。爱美的心，倔强的志趣，高远的理想，都像要由眉宇间涌溢出来。她自认爱人类，愿意为人类服务牺牲者，其实她就是一个富于热情又富于理想的好孩子。自己把前面天线展得很长很远，一时事实上她却仍然是学校家庭中的小孩子。〕

霞　（兴奋的）饭厅里谁插的花？简直的是妙！

〔大家全看着彼此。〕

梅　（不好意思的转去收拾屋子）

琪　一定是梅真！（向梅努嘴）

霞　我以为或者是妈妈——那个瓶子谁想到拿来插梅花！

琪　那黑胆瓶呀？可不是梅真做的事。（向梅）梅真，你听听我们这热心的三小姐！怎么？梅真"烧盘儿"啦？

黄　梅真今天很像一个导演家！

霞　嘿，梅真，你的组织能力很行呀，明日你可以到我们那剧团里帮忙！

梅　得了，得了，你们尽说笑话！什么导演家啦，组织能力啦，组织了半天导演了半天，一早上我还弄不动一个明星做点正经事！

黄　好，我画了一晚上不算？今日早上还挂了一张名画呢？

梅　对了，这二位明星（指黄同琪）挂一张画的工夫，差点没有占掉整一幕戏的时候！（又指唐）那里那一位，好，到戏都快闭幕了才到场！

〔大家哄然笑。〕

唐　你这骂人的劲儿倒真有点像大导演家的口气，你真该到上海电影公司里去……

　　　梅　导演四小姐的恋爱小说，三小姐的宣传人道的杰
作……

　　　霞　梅真，你再顽皮，我晚上不帮你的忙了，你问什
么社会经济问题以后我都不同你说了，省得你挖苦我宣传人道！

〔宋雄入，手里提许多五彩小烛笼。〕

　　　宋　四小姐，饭厅灯安好一排，您来看看！
　　　琪　安好了吗？真快，我来看……

〔琪下。〕

　　　黄　我也去看看……

〔黄随琪下。〕

　　　霞　宋雄！你来了，你那铺子怎样啦？
　　　宋　三小姐，好久没有见着您，听说您总忙！您不是
答应到我那铺子里去参观吗？您还要看学徒的吃什么？睡在那
儿我待他们好不好？您怎么老不来呀？
　　　霞　（笑）我过两天准来，你错待了学徒，我就不答
应你！

宋　好，三小姐，这一城里成千成万的大资本家，您别单挑我这小穷掌柜的来作榜样！告诉您，我待人可真不错，刚才那小伙计送电线来，您不出去瞧瞧？吃得白胖白胖的。

唐　（微笑插嘴）小电灯匠吃得白胖白胖的可不行！小心上了梯子掉下来！

宋　（好脾气的大笑，望着梅立刻敛下笑容，很庄严的）三小姐那天到我行里玩玩？买盏桌灯使？

霞　好，我过两天同梅真一块来。

宋　（高兴向梅）梅姊，对了，你也来串串门。（急转身望梯子）这梯子要不用了，我给拿下去吧。

梅　（温和的）好吧，劳驾你了。（急转脸收拾屋子）

〔宋拿梯子下。〕

唐　我也去看看饭厅的梅花去！

梅　得了，唐先生，您不是来帮忙吗？敢情是来看热闹的！

唐　（微笑高兴的）也得有事给我做呀？！

梅　那，这一屋子的事，还不够您做的？

霞　我也该来，来帮点忙了。

梅　三小姐，这堆片子交给您，由您分配去，吃饭分三组，您看谁同谁在一起好。就是一件。（附霞耳细语）

霞　这坏丫头！（笑起来，高兴的向门走）

词语在线

榜样：作为仿效的人或事例（多指好的）。

名师点评

宋雄看到梅真"立刻敛下笑容""很庄严的"，是因为他想给梅真塑造一个沉稳、可靠的印象。

〔文霞下。〕

梅　（独自收拾屋子不语）

唐　（望梅，倚书架亦不语）

梅　怎么了，唐先生？

唐　没有怎么了，我在想。

梅　什么时候了，还在想！

唐　我在想我该怎么办！

梅　什么事该怎么办？

唐　所有的事！……好比……你……

梅　（惊异的立住）我？

唐　你！你梅真，你不是寻常的女孩子，你该好好自己想想。

梅　我，我自己想想？……那当然，可是为什么你着急，唐先生？

唐　（苦笑）我不着急，谁着急？

梅　这可奇怪了！

唐　奇怪，是不是？世界上事情都那么奇怪！

梅　唐先生，我真不懂你这叫做干吗！

唐　别生气，梅真，让我告诉你，我早晚总得告诉你，你先得知道我有时很糊涂，糊涂极了！

梅　等一等唐先生，您别同我说这些话！有什么事您不会告诉大小姐去？

唐　梅真！大小姐同我有什么关系？除掉那滑稽的误会的订婚！你真不知道，我不是来找那大小姐的，我是来这儿解释那订婚的误会的，同时我也是来找她二弟帮忙我，替你想一想法子离开这儿的。

梅　找二爷帮你的忙，替我想法子离开这儿？我愈来愈不明白你的话了！

唐　我知道我这话唐突，我做的事糊涂，我早该说出来，我早该告诉你……（稍顿）

梅　我不懂你早该告诉我什么？

唐　我早该告诉你，我不止爱你，我实在是佩服你，敬重你，关心你。当时我常来这儿找她们姊妹们玩，其实也就是对你……对你好奇，来看看你，认识你！一直到现在我还是一样的对你好奇，尽想来看你，认识你——平常的说法也许就是恋爱你，颠倒你。

梅　来看我？对我好奇？（眼睛睁得很大，向后退却）对我……？

唐　你！来看你！对你好奇，我才糊糊涂涂的常来！谁知道倒弄出一个大误会！大家总以为我来找文娟，我一出洋，我那可恶的刘姨就多管闲事，作主说我要同文娟订婚！这玩笑可开得狠了！弄得我这狼狈不堪的！这次回来，事情也还不好办，因为这儿的太太是大小姐的后妈，却是我的亲姑姑，我不愿意给她为难，现在就盼着二少爷回来帮帮我的忙，同文娟说穿了，然后再叫我上地狱过刀山挨点骂倒不要紧，要紧的

名师点评

唐元澜害怕梅真也误会他与文娟的关系，并因此拒绝他，所以急忙解释。

词语在线

狼狈：形容困苦或受窘的样子。

是你……

梅　（急得跺脚两手抱住额部，来回转）别说了，别说了，我整个听糊涂了！……你这个叫做怎么回事呀？（坐一张矮凳上，不知所措）

唐　（冷静的）说得是呢？怎么回事？！（叹息）这次我回来才知道大小姐同你那样作对头，我真是糊涂，我对不起你。（走近梅真）梅真，现在我把话全实说了，你能原谅我，同情我！你……（声音轻柔的）这么聪明，你……你不会不……

梅　（急打断唐的话）我，我同情你，但是你可要原谅我！

唐　为什么？

梅　因为我——我止是没有出息的丫头，值不得你，你的……爱……你的好奇！

唐　别那样子说，你弄得我感到惭愧！现在我只等着二少爷回来把那误会的婚约弄清。你答应我，让我先帮助你离开这儿，你要不信我，你尽可让我做个朋友……我们等着二少爷。

梅　（哭声拿手绢蒙脸）你别，你别说了，唐先生！你千万别跟二少爷提到我！好我的事没有人能帮助我的！你别同二少爷说。

唐　为什么？为什么别跟二少爷提到你？（疑心想想又柔声的问）你不知道他是一个很能了解人情的细心人？他们家里的事有他就有了办法吗？

梅　（擦眼泪频摇头）我不知道，你别问我！你就别跟

二少爷提到我就行了！你要同大小姐退婚，自己快去办好了！（起立要走）那事我很同情你的，不信问四小姐。（又哭拭眼泪）

唐　梅真，别走！你上那儿去？我不能让你这样为难！我的话来得唐突，我知道！可是现在我的话都已经实说出来了，你，你至少也得同我说真话才行！（倔强的）我能不能问你，为什么你叫我别对二少爷提到你？为什么？

梅　（窘极摇头）不为什么！不为……

唐　梅真，我求你告诉我真话。（沉着严重的）你得知道，我不是个浪漫轻浮的青年人，我已经不甚年青，今天我告诉你我爱你，我就是爱你，无论你爱不爱我！现在我只要求你告诉我真话。（头低下去，逐渐了解自己还有自己不曾料到的苦痛）你不用怕，你尽管告诉我，我至少还是你的朋友，盼望你幸福的人。

梅　（始终低头呆立着咬手绢边，至此抿紧了口唇，翻上含泪的眼向唐）我感激你，真的，我，我感激你……

唐　（体贴的口气）为什么你不愿意我同文清提到你？

梅　因为他——他——（呜咽的哭起来）我从小就在这里我……我爱……我不能告诉你……

唐　（安静的拍梅肩安慰的）他知道么？

梅　我就是不知道他知道不知道呀！（又哭）他总像躲着我……这躲着我的缘故，我也不明白……又好像是因为喜欢我，又好像是怕我——我——我真苦极了……（又蒙脸哭）

唐　梅真！你先别哭，回头谁进来了……（回面张望着拉过梅真到一边）好孩子，别哭，恋爱的事太惨了，是不是？

名师点评

梅真为什么坚持不让唐元澜对二少爷提自己？这为读者留下了疑问，吸引读者继续阅读。

你若安好，便是晴天

得知梅真已经心有所属，唐元澜心中非常失落、难受，但他是个温和的人，并且希望梅真能获得幸福，所以压下了自己的失落，努力安慰梅真。

（叹口气）不要紧，咱们两人今天是同行了。（自己低头，掏出手绢吹鼻子，又拿出烟点上，嘴里轻轻说）我听见窗子外面有人过去，快把眼睛擦了！

〔窗外许多人过去，仲维文琪同文霞的声音都有。〕

窗外荣升　二少爷的火车是十一点一刻到。

窗外黄口音　雇几辆洋车？都谁去车站接二哥？

　　霞　还有我……

　　琪　我也去接二哥！

　　黄　快，现在都快十点半了！

〔唐静静的抽着烟，梅真低头插瓶花，整理书架。〕

　　窗　外　二爷火车十一点一刻到，是不是？

　　又　还有三刻钟了，还不快点？

〔梅又伏桌上哭，唐不过意的轻拍梅肩，门忽轻轻推开，大小姐文娟进来，由背后望着他们。窗外仍有嘈杂声。〕

　　窗　外　接二哥去……快吧……

〔幕下〕

第三幕

出台人物（按出台先后）

　　　　大小姐　文娟（曾出台）

　　　　李二太太　李琼（娟继母）（曾出台）

　　　　张爱珠　文娟友（曾出台）

　　　　四小姐　文琪（曾出台）

　　　　仆　人　荣升（曾出台）

　　　　二少爷　文靖　初由大学校毕业已在南方工厂供

职一年的少年

　　　　三小姐　文霞（曾出台）

　　　　梅　真　李家丫头（曾出台）

　地　点　三小姐四小姐共用书房

　时　间　与第二幕同日，下午四点钟后

同一个房间，早上纷乱的情形又归恬静。屋子已被梅真同文琪收拾得成所谓未来派的吃烟室。墙上挂着新派画，旁边有一个比较怪诞的新画屏风。矮凳同靠垫同其他沙发，椅子分成几组，每组有他中心的小茶几，高的，矮的，有红木的，有雕漆的，圆的同方的。家具显然由家中别处搬来，茶几上最主要的供设是小盏沙灯同烟碟。书架上窗子前均有一种小小点缀，最醒目的是并排的红蜡烛。近来女孩子们对于宴会显然受西洋美术的影响，花费她们的心思在这种地方。

词语在线

恬静：安静；宁静。

醒目：（文字、图画等）形象明显，容易看清。

〔幕开时天还没有黑，阳光已经有限，屋中似乎已带点模糊。大小姐文娟坐在一张小几前反复看一封短短的信。〕

娟　（自语）这真叫人生气！今早的事，我还没有提出，他反如此给我为难！这真怪了，说得好好随他来，现在临时又说不能早来！这简直是欺侮我！（皱眉苦思）今晚他还要找我说话，不知要说什么？……难道要同我提起梅真？（不耐烦的起立去打电话）喂，东局五三四〇，哪儿？喂，唐先生在家么？我李宅，李小姐请他说话……（伸头到处看有没有人）……喂，元澜呀？我是娟，对了……你的信收到了，我不懂？干吗今晚不早来跳舞？为什么你愈早来，愈会妨碍我的愉快？怎么这算是为我打算！什么？晚上再说？这样你不是有点闹别扭，多成心给人不高兴？……人……人家好意请你……你自己知道对不起人，那就不要这样，不好么？你没有法子？为什么没有法子？晚上还是不早来呀？那……那随你。（生气的将电话挂上伏在桌上哭，又擦擦眼泪欲起又怔着）

〔妈妈（李琼）走进屋子，望见文娟哭，惊讶的退却，又换个主意仍然进来。〕

琼　（装作未见娟哭）这屋子排得倒挺有意思！

娟　（低头拭泪不答）

琼　（仍装做未见）到底是你们年青人会弄……

娟　（仍不语）

琼　娟娟，这趟二弟回来，你看是不是比去年显着胖一点？（望见娟不语）我真想不到他在工厂里生活那么苦，倒吃胖了，这倒给我这做父母的一个好教训。我自己寻常很以为我没有娇养过孩子，就现在看来我还应该让你们孩子苦点才好？（偷看文娟见她没有动静）你看，你们这宴会，虽然够不上说奢侈，也就算是头等幸福。这年头挨饿的不算，多数又多数的人是吃不得饱的，这个有时使我很感到你们的幸福倒有点像是罪过！（见到娟总不答应，决然走到她背后拍着她）娟娟，怎么了？热闹的时候又干吗生气？

词语在线

愤愤：很生气的样子。

娟　（梗声愤愤的）谁，……谁愿意生气？！

琼　娟，妈看年轻的时光里不值得拿去生气的！昨晚上，我听你睡得挺晚，今晚你们一定会玩到更晚，小心明天又闹头痛！

娟　（索性哭起来）

琼　别哭别哭，回头眼睛哭红了不好看，到底什么事，能告诉我吗？

娟　（气愤的抬头告诉李琼）元澜今晚要丢我的面子！他，他说他不能早来，要等很晚才到，吃饭的时候人家一定会奇怪的，并且妈不是答应仲维同老四今晚上宣布他们的婚约吗？

名师点评

文娟厌恶梅真，所以她总是以最大的恶意看待梅真，而不顾事实的真相。

琼　元澜早来晚来又有什么关系？

娟　怎么没有关系？！并且，我告诉妈吧，梅真太可恶了！

琼　（一惊）梅真怎么了？

娟　怎么了？！妈想吧！一直从元澜回来后，她总是那么妖精似的在客人面前讨好，今早上我进这屋子正看见她对元澜不知哭什么！元澜竟然亲热的拿手搭在她背上，低声细语的在那儿安慰她！我早就告诉妈梅真要不得！

琼　（稍稍思索一下）在你们新派人的举动里，这个也算不得什么了不得的事！这也不能单怪梅真。（用劝告口气）我看娟娟，你若是很生气元澜，你们那婚约尽可以"吹"了，别尽着同元澜生气下去，好又不好，吹又不吹的僵着！婚姻的事不能勉强的，你得有个决心才好。

娟　他，他蹓了人，我怎么不生气！

琼　他要真不好，你生他的气又有什么用？还不如大家客客气气的把话说开了，解除了这几年口头上的婚约，大家自由。

娟　这可便宜了他！

琼　这叫什么话，娟？你这样看法好像拿婚姻来同人赌气，也不顾自己的幸福！这是何苦来？你要不喜欢他，或是你觉得他对不起你，那你们只好把从前那事吹了，你应该为自己幸福打算。

娟　这样他可要得意了！他自己素来不够诚意，"蹓"够了人家，现在我要提出吹了婚约的话，他便可以推在我身上说是我蹓了他！

琼　什么是谁"蹓"了谁！如果合不来，事情应该早点解决，我看，婚姻的事很重大，不是可以随便来闹意气的。你想想看早点决定同我说。你知道，我多担心你这事！

娟　那么，梅真怎么样？她这样可恶，您也不管吗？

　　琼　梅真的事我得另外问问她，我还不知道她到底做了些什么不应该的事。

　　娟　我不是告诉您了么，她对元澜讨好，今早我亲眼看到他们两人在这屋子里要好得了不得样子……

　　琼　这事我看来还是你自己决定，如果你不满元澜对你的态度，你就早点同他说，以后你们的关系只算是朋友，从前的不必提起，其他的事根本就不要去管它了。

　　娟　您尽在我同元澜的关系一点上说，梅真这样可恶荒唐，您就不提！

　　琼　老实说，娟，这怎样又好算梅真的荒唐可恶呢？这事本该是元澜负点责！现在男女的事情都是自己自由的，我们又怎样好去禁止谁同谁"讨好"？

　　娟　好，我现在连个丫头都不如了！随便让她给侮辱了，我只好吞声下气的去同朋友解除婚约！我反正只怪自己没有嬷，命不好……

　　琼　娟，你不能对我这样说话！（起立）我自认待你一百分的真心。你自小就为着你的奶奶总不听我的话，同我种种为难，我对你总是很耐烦的。今天你这么大了，自己该有个是非的判别力！据我的观察，你始终就不很喜欢元澜的，我真不懂你为什么不明白的表示出来？偏这样老生气干吗？

　　娟　谁说过我不喜欢元澜？

　　琼　我说据我的观察。我也知道你很晓得他学问好，人品好，不过婚姻不靠着这种客观的条件。在性情上你们总那么格格不入，这回元澜由国外回来，你们两人兴趣越隔越远……

娟　反正订婚的事又不是我的主张！本来是他们家提的不是；现在他又变心了，叫我就这样便宜了他，我可没有那么好人！

琼　娟，这是何苦来呢？

娟　我不知道！（生气的起立）我就知道，我要想得出一个法子，我一定要收拾收拾梅真，才出得了我这口气。我恨透了梅真！当时我就疑心元澜有点迷糊她。

琼　你早知道了，为什么你答应同元澜订婚？

娟　就是因为我不能让梅真破坏我同元澜的事！

琼　娟，你这事真叫我着急，你这样的脾气只有给自己苦恼，你不该事事都这样赌气似的来！

娟　事事都迫着我赌气么！这梅真简直能把我气死，一天到晚老像反抗着我。明明是丫头而偏不服！本来她做丫头又不是我给卖掉的，也不是我给买来的，她对我总是那么一股子恨！

琼　她这点子恨也许有一点，可是你能怪得她么？记得当时奶奶在时你怎样的压迫她，怎样的使她的念书问题变得格外复杂？当时她岁数还小，没有怎样气，现时她常常愤慨她的身世，怀恨她的境遇，感到不平……不过她那一点恨也不仅是恨你……

娟　我又怎样的压迫她？她念书不念书怎么又是我负责？

琼　当然我是最应该负责的人，不过当时她是你奶奶主张买来的，又交给我管，一开头我就知道不好办，过去的事本来不必去提它，不过你既然问我，我也索性同你说开，当时我主张送她到学堂念书，就是准备收她作干女儿，省得委曲她以后的日子。我想她那么聪明，书总会念得好。谁知就为着她这聪明，同你一块儿上学，功课常比你的好，你就老同她闹，说她同你一块上学，叫你不好看。弄到你奶奶同我大生气，说我做后嬷的故意如此，叫你不好过。这样以后我才把她同你姊妹们分开，处处看待她同看待你们有个不同，以示区别……

娟　奶奶当时也是好意，她是旧头脑，她不过意人家笑话我同丫头一起上学……那时二弟上的是另外一个学堂，三妹四妹都没有上学，就是我一人同梅真。

琼　就为得这一点，我顺从了你奶奶意思，从此把梅真却给委曲了！到了后来我不是把梅真同三妹四妹也同送一个学堂，可是事事都成了习惯，她的事情地位一天比一天不好办，现在更是愈来愈难为情了！老实说，我在李家做了十来年的旧式儿媳妇，事事都顺从着大人的主意，我什么都不懊悔，就是梅真这桩事我没有坚持我的主张，误了她的事，现在我总感到有点罪过……

娟　我不懂您说的什么事一天比一天的不好办，愈来愈难为情？

琼　你自己想想看！梅真不是个寻常的女孩子，又受了相当高的教育，现在落个丫头的名义，她以后怎么办？当时在小学校时所受的小小刺激不算，后来进中学，她有过朋友，不能请人家到家里来，你们的朋友她得照例规规矩矩的拿茶，拿点心，称先生，称小姐——那回还来过她同过学的庄云什么，你记得么？她就不感到不公平，我们心里多感到难为情？……现在她也这么大了，风气同往前更不同了，她再念点新思想的书……你想……

娟　那是三妹在那儿宣传她的那些社会主义！

琼　这也用不着老三那套社会主义，我们才明白梅真在我们这里有许多委曲不便的地方！就拿今天晚上的请客来说吧，到时候她是不是可以出来同你们玩玩？……

娟　对了！（生气的）今天晚上怎么样？四妹说妈让梅真出来做客——是不是也让她跳舞？……要是这样，我干脆不用出来了……这明明是同我为难！

琼　（叹口气）一早上我就为着这桩事七上八下的，想同你商量，我怕的就是你不愿意，老三，老四都说应该请梅真。

娟　那您又何必同我商量？您才不用管我愿意不愿意呢！

琼　娟，我很气你这样子说话！你知道，我就是常常太顾虑了你愿意不愿意，才会把梅真给委曲了，今晚上的宴会，梅真为你们姊妹忙了好多天，你好意思不叫她出来玩玩。她也该出来同你们的朋友玩玩了。

娟　这还用您操心？（冷冷的）分别不过在暗同明的就是了。今早上她不是同元澜鬼混了一阵子么？（哭）反正，我就怪我没有嬷……

琼　娟，你只有这么一个病态心理吗？为什么你不理智一点客观一点，公平一点看事！……我告诉你，我要请梅真出来做客是一桩事，你同元澜合得来合不来又是一桩事，你别合在一起闹。并且为着保护你的庄严，你既不满意元澜，你该早点同他说穿了，除掉婚约。别尽着同他蹩纽，让他先……先开口……我做妈的话也只能说到这里了。

绢 （委曲伤心的呜咽着哭起来）

琼 （不过意的走到娟身旁，坐下一臂揽住文娟，好意的）好孩子，别这样，你年纪这么轻，幸福，该都在前头呢，元澜不好，你告诉他……别叫人笑话你不够大方……对梅真我也希望你能厚道一点……

〔爱珠忽然走进来。〕

珠 （惊谔的）文娟怎么了？

琼 张小姐你来得正好，娟娟有点不痛快，你同她去沈洗脸……一会就要来客了不是？娟，今晚上你们请客几点来？

娟 六点半……七点吧……反正我不出来了。

珠 娟娟，怎么啦？ （坐娟旁）

琼 （起立）张小姐你劝劝她吧，本来也不是什么大事情，我今晚决定请梅真出来做客，趁这机会让我表白一下我们已经同朋友一样看待她。你是新时代人，对于这点一定赞成的，晚上在客人跟前一定不会使梅真有为难的地方。（起立要走）

珠 伯母今晚请梅真作客，这么慎重其事的，（冷笑）那我们都该是陪客了，怎么敢得罪她！

琼 （生气正色的）我不是说笑话，张小姐，我就求你们年青人厚道一点，多多帮点忙……

绢　（暗中拉爱珠衣袖）

〔琼下。〕

珠　怎么了，娟?

娟　怎么了? 这是我的命太怪，碰上这么个梅真! 大家近来越来越惯她，我想不到连妈都公然护着她，并且妈妈明明听见了我说元澜有点靠不住……今早上他们那样了……

词语在线

公然: 公开地; 毫无顾忌地。

珠　我不懂元澜怎么靠不住?

娟　你看不出来元澜近来的样子在疯谁? 他常常盯着眼看梅真的一举一动，没有把我气死! 今早上……

〔外面脚步响。〕

珠　（以手指放唇上示意叫文娟低声）唏! 外面有人进来，我们到你屋子去讲吧……

〔娟回头望门，外面寂然。〕

娟　回头我告诉你……

珠　（叹口气向窗外望，又回头）娟，我问你，我托你探探你二弟的口气，你探着什么了没有?

娟　二弟的嘴比蜡封的还紧，我什么也问不出来。据我看，他也不急着看璨璨……

名师点评

这里是用了一个比喻句，更加生动地展现了二少爷的性格特征。

珠　得了，我也告诉你，我看，也是梅真的鬼在那儿作怪，打吃午饭时起我看你二弟同梅真就对怔着，也不知是什么意思……

〔外面又有语声，两人倾耳听。〕

娟　我们走吧，到我屋子去……

〔荣升提煤桶入。〕

娟　什么事，荣升？
宋　四小姐叫把火添得旺旺的，今儿晚上要屋子越热越好。
珠　我们走吧！

〔娟珠同下。〕

宋　（独弄火炉，一会儿又起立看看屋子，对着屏风）这也不叫着什么？（又在几个小凳上试试。屋子渐来渐黑）这天黑得真早！（荣升又去开了开小灯，左右回顾才重新到火炉边弄火炉）

〔小门开了，四小姐文琪肩上披着白毛巾散着显然刚洗未干的头发进来。〕

词语在线
回顾：①回过头来看。②回想；反思。

宋　四小姐，是您呀？

琪　荣升，火怎样了？

宋　我这儿正通它呢！说话就上来。

琪　荣升，今晚上，今晚上你同梅真说话客气点！

宋　我们"多会儿"说话都是客客气气的……人家是个姑娘……

琪　不是为别的，今晚上太太请梅真出来作客，你们就当她是一位客人，好一点，你知道她也是我的一个同学。

宋　反正，您是小姐，您要我们怎样，我们一定得听您的话的，可是四小姐……我看（以老卖老的）您这样子待她，对她也就没有什么好处……

琪　为什么？你的话我不懂！（走近火炉烤头发）

宋　您想吧，您越这样子待她，不是越把她眼睛提得老高，往后她一什么，不是高不成，低不就，不落个空么？

琪　我不懂，这个怎讲？

宋　就说那德记电料行宋掌柜的，说话就快有二年了！

琪　宋掌柜又怎么了，什么快有二年了？

宋　（摩擦两掌吞吞吐吐的）那小宋不尽……等着梅真答应……嫁给他吗？

琪　（惊讶的）小宋等……等……梅真？

宋　说得是呢？那不是挺"门当户对"的。梅真就偏不给他个回话，人家也就不敢同二太太提，那天我媳妇还说呢，她说，要么她替宋掌柜同太太小姐们说说好话，小宋也没有敢让我们来说话，今儿我顺便就先给您说一下子……

> **✐ 词语在线**
>
> 高不成，低不就：高而合意，做不了或得不到；做得了、能得到的，又认为低而不合意，不肯做或不肯要（多用于选择工作或选择配偶）。

〔小门忽然推开，文靖——刚回家的二少爷——进来。文靖像他一家子人，也是有漂亮的体格同和悦的笑脸的。沉静处，他最像他母亲，我们奇怪的是在他笑悦的表情底下，却蕴住与他不相宜的一种忧郁，这一点令人猜着是因为他背负着一个不易解决的问题所致，而不是他性情的倾向。〕

靖 （亲热淘气的）怎样？

琪 （向荣升）你去吧，快点再去别的屋子看看炉子。

宋 好吧，四小姐。

〔荣匆匆下。〕

靖 （微笑）荣升还是这个样子，我总弄不清楚他是个好人还是个坏人！（重新淘气的）怎样？我看你还是让我跟你刷头发吧！

琪 二哥，我告诉你了，你去了一年，手变粗了，不会刷头发了，我不要你来弄我的头！

靖 别那么气我好不好？你知道我的手艺本来就高明，经过这一年工厂里的经验，弄惯了顶复杂的机器，我的手更灵敏了许多……

琪 得了，我的头可不是什么复杂的机器呀！

靖 （笑逗琪）我也知道它不复杂，仅是一个很简单的玩艺儿！

琪 二哥你真气人！（用手中刷子推他）你去吧，你给自己去打扮打扮，今晚上有好几位小姐等着欢迎你呢！去吧，我不要你刷我的头发。……

靖　（把刷子夺过举得高高的）我真想不到，我走了一年，我的娇嫩乖乖的小妹妹，变成了这么一个凶悍泼赖的"娘们"！

琪　你真气死我啦！

靖　别气，别气，气坏了，现在可有人会不答应我的……

琪　（望靖，正经的）二哥，……二哥……，你还没有告诉我，你喜欢不喜欢仲维呢？……（难为情的）二哥，你得告诉我真话……

靖　（亲热怜爱的）老四，你知道我喜欢仲维，看样子他很孩子气，其实我看他很有点东西在里面，现在只看他怎样去发展他那点子真玩艺儿……

琪　我知道，我知道，我看我们这许多人里，顶算他有点，有点真玩艺儿。二哥，你也觉得这样，我太高兴了……今晚上我们就宣布订婚的事。

〔两人逐渐走近火炉边。〕

靖　（轻轻的推着琪）高兴了，就请你坐下，乖乖的让我替你刷头发……做个纪念，以后嫁了就轮不到哥哥了！

琪　（笑）二哥，你真怪物，为什么，你这么喜欢替我刷头发？

靖　这个你得问一个心理学家，我自己的心理分析是：

一个真的男性他一定喜欢一件极女性的柔媚的东西，我是说天然柔媚的东西，不是那些人工的，侈奢繁腻的可怕玩艺儿！（刷琪发）

　　琪　吓！你轻一点……

　　靖　对不起，（又刷琪发）这样子好不好？我告诉你，不知为甚么，我觉得刚洗过的女孩子的头发，表现着一种洁净，一种温柔，一种女性的幽美，我对着它会起一种尊敬，又生一种爱，又是审美的又是近人性的……并且在这种时候，我对于自己的性情也就感到一种和谐的快活。

　　琪　真的么？二哥。

　　靖　你看，（一边刷头发）我忘了做男子的骄傲，把他的身边的情绪对一个傻妹妹说，她还不信！

　　琪　二哥，我还记得从前你喜欢同人家打辫子，那时候我们都剪了头发，就是梅真有辫子……我们都笑你同丫头好，你就好久好久不理梅真……

　　靖　（略一皱眉）你还记得那些个，我都忘了！（叹口气）我抽根烟好不好哪，（把刷子递给琪）你自己刷一会，我休息一下了……

　　琪　（接刷子起立）好，就刷这几下子！（频频打散头发摇下水花）二哥，你到底有几天的假？

　　靖　不到十天。

　　琪　那为什么你这么晚才回来，不早点赶来，我们多聚几天？你好像不想回家，怕回家似的。

　　靖　我，我真有点怕么！

词语在线

和谐：①配合得当。②和睦协调。

频频：连续不断地；多次地。

琪 （惊奇的）为什么？

靖 老四，你真不知道？

琪 不知道什么？我不懂！

靖 我怕见梅真……

琪 （更惊讶的）为什么，二哥？

靖 （叹口气，抽两口烟，默然一会儿）因为我感到关于梅真，我会使妈妈很为难，我不如早点躲开点，我决定我不要常见到梅真倒好。

琪 二哥！你这话怎么讲？

靖 （坐下，低头抽烟）老四，你不……不同情我么？（打打烟灰）有时我觉到很苦痛——或者是我不够勇敢。

琪 （坐到靖旁边）二哥，你可以全告诉我吗？我想……我能够完全同情你的，梅真实在能叫人爱她……（见靖无言）现在你说了，我才明白我这人有多糊涂！我真奇怪我怎么没想到，我早该看出你喜欢她……可是有一时你似乎喜欢璨璨——你记得璨璨吗？我今晚还请了她。

靖 （苦笑）做妹妹的似乎比做姐姐的糊涂多了。大姐早就疑心我，处处盯着我，有一时我非常的难为情。她也知道我这弱点，更使得我没有主意，窘透了，所以故意老同璨璨在一起，（掷下烟，起立）老四，我不知道你怎样想……

琪 我？我……怎样想？

靖 我的意思是：我不知道你是不是也感到如果我同梅真好，这事情很要使妈妈苦痛，（急促的）我就怕人家拿我的事去奚落她，说她儿子没有出息，爱上了丫头。我觉得那个

词语在线

奚落：用尖酸刻薄的话数说别人的短处，使人难堪；讥讽嘲笑。

说法太难堪；社会上一般毁谤人家的话，太使我浑身起毛栗。就说如果我真的同梅真结婚，那更糟了，我可以听到所有难听的话，把梅真给糟蹋坏了……并且妈妈拿我这儿子看得那么重，我不能给人机会说她儿子没有骨气，（恨恨的）我不甘心让大伯娘那类人得意的有所借口，你知道么？老四！

　　琪　现在我才完全明白了！……怪不得你老那样极力的躲避着梅真。

　　靖　我早就喜欢她，我告诉你！可是我始终感到我对她好只会给她苦痛的，还要给妈妈个难题，叫她为我听话受气，所以我就始终避免着，不让人知道我心里的事儿，（耸一耸肩）只算是给自己一点点苦痛。（支颐沉思）

　　琪　梅真她不知道吗？

　　靖　就怕她有点疑心！或许我已经给了她许多苦痛也说不定。

　　琪　也许，可是我倒没有看出来什么……我也很喜欢梅真，可是我想要是你同她好，第一个，大伯伯一定要同妈妈闹个天翻地覆，第二个是大姊，一定要不高兴，更加个爱传是非的大伯娘，妈妈是不会少麻烦的。可是刚才我刚听到一桩事，荣升说梅真……什么她……（有点不敢说小宋求婚的事）

　　靖　梅真怎么了？（显然不高兴）

　　琪　荣升说……

〔张爱珠盛妆入。〕

词语在线

天翻地覆：
①形容变化极大。②形容闹得很凶。

珠　嘿，你们这里这么黑，我给你们开盏灯！

琪　（不耐烦的同靖使个眼色）怎么你都打扮好了！这儿可不暖和呀。

珠　（看靖）我可以不可以叫你老二？你看，这儿这个叫你二哥那个叫你二弟的，我跟着那个叫都不合适！（笑眯眯的，南方口音特重）老二，你看，我这副镯子好不好？（伸手过去）

靖　（客气的）我可不懂这个。

珠　你看好不好看呢？

靖　当然好看！

珠　干吗当然？

靖　（窘）因为当然是应该当然的！

珠　（大笑）你那说话就没有什么诚意！……嘿，老四你知道，你大姐在那儿哭吗？

琪　她又哭了，我不知道，反正她太爱哭。

珠　这个你也不能怪她，（望一望靖）她今早上遇到元澜同梅真两人在屋子里，也不知是怎样的要好，亲热极的那样子——她气极了。

琪　什么？不会，不会，一定不会的！

珠　嘿，人家自己看见了，还有错么？你想。

琪　（望靖，靖转向门）

靖　你们的话，太复杂了，我还是到屋里写信去吧，说不定我明天就得走！

琪　二哥，你等等……

靖　不行，我没有工夫了。

名师点评

爱珠故意在文靖面前说起唐元澜和梅真的事情，只是想抹黑梅真。爱珠并不知道文靖爱慕梅真。

〔靖急下。〕

珠　（失望的望着靖的背影）你的二哥明天就走？

琪　不是我们给轰跑的吗？爱珠，大姐真的告诉你那些话么？

珠　可不真的！难道我说瞎话？

琪　也许她看错了，故意那么说，因为她自己很不喜欢元哥！

珠　这个怎样会看错？我真不懂你怎么看得梅真那么好人！你妈说今晚要正式请梅真在这儿做客，好让她同你们平等，我看她以后的花样可要多了。说不定仲维也要让她给迷住！

琪　爱珠！你别这样子说话！老实说，梅真实在是聪明，现在越来越漂亮，为什么人不能喜欢她？（笑）要是我是男人，也许我也会同她恋爱。

珠　（冷笑）你真是大方，随便可以让姊姊的同自己的好朋友同梅真恋爱，梅真福气也真不坏！

琪　得了吧，我看她就可怜！

〔文霞拉着梅真上。〕

霞　梅真真气人，妈请她今天晚上一定得出来做客，她一定不肯，一定要躲起来。

珠　梅真，干吗这样子客气，有人等着要人同你恋爱呢，你怎么要跑了，叫人失恋！

梅　张小姐，你这是怎么讲？

霞　（拉着梅真）梅真，你管她说什么！我告诉你，你今天晚上就得出来，你要不出来，你就是不了解妈妈的好意，对不起她。你平日老不平社会上的阶级习惯，今天轮到你自己，你就逃不出那种意识，介意这些个，多没有出息！

琪　梅真，要是我是你，我才不躲起来！

梅　（真挚的带点咽哽）我不是为我自己，我怕有人要不愿意，没有多少意思。

珠　（向梅真）你别看我不懂得你的意思！大小姐今天晚上还许不出来呢，你何苦那么说。反正这太不管我的事了，这是你们李家的纠纷……

霞　怎么？大姊今晚上真不出来吗？那可不行，她还请了好些个朋友，我们都不大熟的……

珠　那你问你大姊去，我可不知道，老实说我今天听了好些事我很同情她……

📝 词语在线

真挚：真诚恳切（多指感情）。

〔爱珠向着门，扬长而去。〕

梅　真　你们看，是不是？我看我别出来吧，反正我也没有什么心绪……

琪　三姊，我们同去看大姊去吧，回头来了客她闹起蹩扭来多糟糕！

霞　（回头）梅真，你还是想一想，我劝你还是胆子大一点，装做不知道好！今天这时候正是试验你自己的时候……

梅　好小姐，你们快去看大小姐吧，让我再仔细想，什么试验不试验的，尽是些洋话！

〔琪霞同下，梅起灭了大灯，仅留小桌灯，独坐屏风前小角隅里背向门，低头啜泣。门轻轻的开了，文靖穿好晚服的黑裤白硬壳衬衫，黑领结打了一半，外面套着暗色呢"晨衣"Dressing-Gown 进来。〕

靖　老四，给我打这鬼领带……那儿去啦？……（看看屋子没有人，伸个懒腰垂头丧气的坐在一张大椅上，拿出根烟抽，又去寻洋火起立在屋中转，忽见梅真）梅、梅真……你在这儿干吗？

梅　（拭泪起立强笑）好些事，坐在这里想想……

靖　（冷冷的）那么对不起，打扰了！我进来时就没有看见你。

梅　你什么时候都没有看见我……

靖　（一股气似的）为什么我要特别注意你？……

梅　（惊讶的瞪着眼望着）谁那样说啦？那有那样说话的，靖爷！（竭力抑制住）我的意思是你走了一年……今天回来了……谁都高兴，你……你却那样好像……好像不理人似的叫人怪难过的！（欲哭又止住眼泪）

靖　我不知道怎样才叫理人？也许你知道别位先生们怎样理你法子，我就不会那一套……

梅　（更惊讶靖的话）靖爷！你这话有点儿怪！素常你

不爱说话，说话总是顶直爽的，今天为什么这样讲话？

　　靖　你似乎很明白，那不就得了么？更用不着我直爽了！

名师点评

　　因为误会了梅真和唐元澜的事情，文靖跟梅真说话的态度有些恶劣，这是他放不下梅真的表现。

　　梅　（生气的）我不懂你这话，靖爷，你非明说不可！

　　靖　我说过你明白就行了，用不着我明说什么，反正我明天下午就走了，你何必管我直爽不直爽的！你对你自己的事自己直爽就行了。虽然有时候我们做一桩事，有许多别人却为着我们受了一些苦处……不过那也是没有法子的事！

　　梅　（带哭声）你到底说什么？我真纳闷死了！我真纳闷死了。（坐椅上伏椅背上哭起来）

　　〔靖有点不过意，想安慰梅走到她旁边，又坚决的转起走开。〕

　　〔文琪入。〕

词语在线

　　坚决（态度、主张、行动等）确定不移；不犹豫。

　　琪　二哥，（见哭着的梅真）怎么了。

　　梅　（抬头望琪）四小姐，你快来吧，你替我问问靖爷到底怎么了，我真不懂他的话！

　　琪　（怔着望文靖不知所措）二哥！

　　靖　老四，不用问了！我明天就走，一切事情我都可以不必再关心了，就是妈妈我也交给你照应了……

　　琪　二哥！

　　〔文靖绷紧着脸匆匆走出。〕

　　梅　四小姐！

　　琪　梅真！到底怎么了？

　　梅　我就不明白，此刻靖爷说的话我太不懂了……

　　琪　他同你说什么呢？

　　梅　我一个人坐在这里，他，他进来了起先没有看见我，后来看见了，尚冷冷的说对不起他打扰了我……我有点气他那不理人的劲儿，就说他什么时候反正都像不理人……他可就大气起来问我怎样才叫理人！又说什么也许我知道别位先生怎样理我法子，他不懂那一套……我越不懂他的话，他越……我真纳闷死了！

　　琪　（怔了这许久）我问你梅真，元哥同你怎么啦？今早上你们是不是在这屋子里说话？

　　梅　今早上？噢，可是你怎么知道，四小姐？

　　琪　原来真有这么一回事！（叹口气）张爱珠告诉我的，二哥也听见了。爱珠说大姊亲眼见到你同元哥……同元哥……

　　梅　（急）可是，可是我没有同唐先生怎样呀！是他说，他，他……对我……

　　琪　那不是一样么？

　　梅　（急）不一样么！不一样么！（哭声）因为我告诉他，我爱另一个人，我只知道那么一个人好……

　　琪　谁？那是谁？

　　梅　（抽噎着哭）就是，就是你这二哥！

　　琪　二哥？

　　梅　（仍哭着）可是，四小姐你用不着着急，那没有关系的，我明天就可以答应小宋……去做他那电料行的掌柜娘！
那样子谁都可以省心了……我不要紧……

琪 （难过的）梅真，你不能……

梅 我怎么不能，四小姐？（起立拭泪）你看着吧！
你看……看着吧！

琪 梅真！你别……你……

〔梅真夺门出，琪一人呆立片刻，才丧气的坐下以手蒙脸。〕
〔幕下〕

（连载于1937年5、6、7月的《文学杂志》。这是一部四幕
剧，但实际上林徽因只完成三部）

品读赏析

《梅真同他们》是林徽因创作的唯一一部戏剧作品。
它本是一部四幕剧，但由于种种原因，特别是战争的爆
发，阻断了林徽因的写作计划，所以最终没有完成。故
事在爱情这一主题下提出了婢女是否该受教育的问题，
这也是那个新旧交替时代众多女人问题中的一个。

写作积累

至理名言　倾斜　局促不安　使唤

·她的眼直楞楞的望着书，自然底，甜蜜底同周围空气合成一片年青的享乐时光。

·我们做丫头的可就想到这一层了，人家大小姐尽管发脾气，我们可不能把人家的事给误了！

·什么东西自己忘了放在那儿的，都算是跑了！电话本子，耳机都长那么些腿？

·又一个会作主的——这会连办法都有了，我看索性把梅真托给你照应得了，元澜，你还可以叫她替你的报纸办个社会服务部。

·你也得知道我所处地位难，你是我的表侄，娟娟都又不是我亲生的，娟娟的伯父又守旧，在他眼里连你在外国的期间的长短好像我都应该干涉，更不要说其他！

思考练习

1.文娟为什么明知道元澜喜欢梅真还答应同元澜订婚？

2.梅真为什么决定答应小宋去做电料行的掌柜娘？

3.作者没有将故事写完，那么你能想象出故事的结局是怎样的吗？

延 伸 阅 读

林徽因的建筑人生

提到林徽因，很多人都会想到她与徐志摩、梁思成和金岳霖的感情纠葛，而忽略她的才华与成就，仿佛她是一个沉迷于风花雪月的女子。但当我们细细品味她的文学作品、建筑学研究、书信以及回忆录后，便会发现那只是我们对她的误读。历史上真实的林徽因才华横溢、热爱祖国、关爱家人、沉迷于建筑学方面的研究、致力于古建筑的保护，是一个有血有肉的充满正能量的人。

林徽因早年曾随父亲赴欧洲游历，在伦敦时受到了房东女建筑师影响，决心攻读建筑学，并为此付出了许多努力。

林徽因从国外学成归来后，并没有骄傲自满，反而潜心研究中国建筑、积极投身于实践当中。从 1930 年至 1945 年间，林徽因随同梁思成共同深入晋、冀、鲁、豫、浙等 15 个省，190 多个县，总共考察、测绘了 2738 处古建筑物。当时正值战争时期，物资十分匮乏，对于从小娇生惯养的林徽因来说，这无疑是一个巨大的挑战，其中的辛苦可想而知。也正是因为她和丈夫梁思成的努力，很多古建筑才得以被全国、全世界认识，从此得到保护。其中较为知名的有：我国保存最完整的古代单孔敞肩石拱桥——河北赵州桥、我国现存最高最古老的木构塔式建筑——山西应县木塔、我国最古老的一座木结构建筑——建于唐代的五台山佛光寺大殿等。他们的工作为中国古代建筑研究奠定了坚实的科学基础。

除此之外，林徽因还是中华人民共和国国徽、人民英雄纪念碑深化方案的设计者之一，并为此做出了许多贡献。

林徽因编写了《全国文物占建筑目录》，此书后来演变成为《全国文物保护目录》；单独或与梁思成合作发表了《论中国建筑之几个特征》《平郊建筑杂录》《晋汾古建筑调查纪略》等关于建筑的论文及调查报告；为研究中国古代建筑必读的重要工具书——署名为梁思成的《清式营造则例》写了绪论。

林徽因学贯中西且学识广博而深厚，具有"文艺复兴色彩"般的艺术气质以及敏锐、准确的洞察力，为中国建筑学术做出了重大贡献。她在建筑学方面的贡献完全不低于任何一位与她处于同一时期的建筑学者，是一位真正的思想者和先行者。